Hotel Savoy

10€

MAXIM WAHL

HOTEL SAVOY

Traducción de María José Díez Pérez

ESPASA

Título original: *Das Savoy Aufbruch einer Familie*

Avda. Diagonal, 662-664, 08034 Barcelona (España)

Por esta edición:
Espasa Libros, S. L. U., 2020
Avda. Diagonal, 662-664, 08034 Barcelona (España)
www.espasa.com
www.planetadelibros.com

Canciones del interior:
Pág. 50: © «Someday I'll Find You», *Private Lives*, Noël Coward, 1930.
Pág. 229: © «Mondnacht», *Liederkreis, opus 39*, Robert Schumann, 1840.
Pág. 234: © «I Can Give You the Starlight», *The Dancing Years*, Ivor Novello y Christopher Hassall, 1939.

Primera edición: septiembre de 2020
ISBN: 978-84-670-5971-7
Depósito legal: B. 6.780-2020
Composición: Realización Planeta
Impresión y encuadernación: Rodesa
Printed in Spain - Impreso en España

El papel utilizado para la impresión de este libro está calificado como **papel ecológico** y procede de bosques gestionados de manera **sostenible**.

Para Steffen K.
Number One in Town

Primera parte

Londres, 1932

1
Revolución

La puerta se abrió. Latón bruñido y cristal grabado, madera oscura, de caoba, revistiendo las paredes. A sir Laurence no le hizo falta detenerse para percatarse de las manchas que deslucían los pomos de latón, habría que limpiarlas ese mismo día sin falta. Columnas de mármol, mitad negras y mitad color marfil; el papel pintado dorado lo habían cambiado hacía tan sólo dos años. Un friso en el que se distinguían unas deidades juveniles coronaba la escalera de madera.

Sir Laurence Wilder era el rey de ese palacio, e igual que hacía más de un rey, de vez en cuando se paseaba por su reino a hurtadillas, sin que nadie lo reconociera. En ese momento constató que, junto a la puerta batiente, el conserje no adoptaba la postura adecuada y, junto a la recepción, el mayordomo estaba distraído. El jefe de mayordomos de Larry tendría que haberse dado cuenta hacía rato de que había entrado y haberle hecho una señal imperceptible a un botones para que se acercase a él y le preguntara si deseaba algún periódico o cigarrillos, tal vez entradas para el teatro. Quedaban entradas a un precio exorbitante para el Sadler's Wells, donde Gielgud representaba *Noche de Reyes.* Sin embargo, el señor Sykes, el mayordomo de más antigüedad, en lugar de reparar en el caballero con traje de lino y gafas de sol, conversaba con lady Edith, la duquesa de Londonderry, una dama con el cabello negro como el azabache, los hombros caídos y ojos tristes de color violeta. A Larry le habría gustado presentar sus respetos a lady Edith, pero prefirió seguir de incógnito. El sombrero de paja bien calado hasta la frente y las gafas negras lo volvían, por así decirlo, invisible. Todo el mundo conocía a sir Laurence de chaqué oscuro con chaleco gris y corbata color marfil. Admiraban su cabello gris acerado, el bigote, que se recortaba a diario, y los ojos ambarinos, siempre un tanto humedecidos, como si el hombre estuviese a punto de romper a llorar. Ello se debía a una molesta inflamación; en el bolsillo llevaba gotas para aliviarla. Aunque le conferían una apariencia bondadosa, a esos ojos no se les escapaba ningún detalle; sir Laurence tenía fama de ser capaz de distinguir desde una distancia de cincuenta metros si un cuadro estaba torcido.

Larry siguió caminando hacia la escalera. Sobre su cabeza, la araña de cristal era un aro dorado de luz que competía con el resplandeciente sol del que había disfrutado mientras daba un paseo por The Strand. Qué tontos parecían los caballeros ingleses, siempre con el paraguas colgado del brazo a pesar del tiempo tan magnífico que hacía. Los sonidos del vestíbulo envolvieron a sir Laurence. No eran un acorde claro, sino más bien tonos que nacían y se desvanecían: el entrechocar de copas de un brandi temprano, el crujido de un sillón de piel, reluciente tras haberle aplicado grasa para lustrar sillas de montar, el remedio secreto que el propio Larry descubrió cuando aprendía el oficio de botones. En el salón de té, el volumen del trío de jazz subía y bajaba cada vez que los camareros, prestos, abrían la puerta batiente. Los violines de la terraza acristalada flotaban ahora indolentes en el aire, pues sir Laurence se había propuesto animar la orquesta del salón, cambiar el programa de una vez por todas. Nadie soportaba la cursilería vienesa en primavera. El canto delicado de los vestidos de seda de las damas, el crujido de las gabardinas y los chales. Larry llegó a la escalera.

Ahora como muy tarde debería haberlo abordado un botones o un mozo para preguntarle educadamente si podía ayudarlo en algo. Por el Savoy no podía pasearse sin más alguien a quien no se le hubiese perdido nada allí. El Savoy era un universo en sí mismo, que cada día vivía sus propias salida y puesta de sol. Allí trabajaban, eran atendidas, disfrutaban y se divertían personas que no sólo llegaban del mundo entero, sino que también representaban al mundo entero. La florista irlandesa que mantenía una relación con el barón dálmata; la cigarrera india y su terrier escocés; la viuda del ganadero americano; la institutriz austriaca; el tenor siciliano; el negociador judío; el capitán manco de la Real Fuerza Aérea; la escritora inglesa de novela romántica en francés; el diplomático alemán y, santo cielo, también la estenotipista, que a cambio de unos honorarios extra se colaba en la habitación del director general por la noche.

Sir Laurence conocía a muchos de ellos personalmente, la mayoría no estaba allí por primera vez. El Savoy era un hotel al que la gente volvía. Para quien se lo podía permitir, era como su casa. Lloyd George había invitado a comer allí a su gabinete, al rey Jorge le encantaban las galletitas con pepitas de chocolate que se servían en el salón de té y a los grandes del teatro sólo se los consideraba tales cuando los periodistas se arremolinaban a su alrededor en el distinguido Salón Clarence.

Mientras esperaba a que llegase el ascensor, sir Laurence se volvió hacia lady Edith. Sin duda era la mujer más hermosa que por aquel entonces honraba al Savoy. Tenía los ojos un tanto separados, la nariz demasiado pequeña y en la boca una expresión aniñada de obstinación, pero precisamente la suma de todas esas imperfecciones confería algo irresistible a la duquesa. Cuando lady Edith se alojaba allí, se podía contar con que ese mismo día aparecería el coche del primer ministro. La mayoría de las veces, Ramsay MacDonald accedía al Savoy por la entrada lateral, desde donde lo acompañaban directamente hasta la suite de la duquesa. Con el mirador con vistas al Támesis, la suite era la más romántica del hotel.

El ascensor llegó al vestíbulo, y el ascensorista abrió sin mirar a los ojos a sir Laurence. Eso era lo que se enseñaba a los muchachos, que el huésped no debía sentirse observado por el personal. Sin embargo, ese ascensorista hizo una excepción.

—Buenos días, sir Laurence. —Su dedo, enfundado en el guante blanco, se quedó suspendido sobre el panel de botones—. ¿A la quinta, como siempre?

Puesto que lo había reconocido, Larry se quitó las gafas de sol. ¿Cómo se llamaba el muchacho, Emil o Erich? Era alemán, eso sí lo sabía, descarado, apuesto, delgado.

—¿Cuánto tiempo llevas ya con nosotros?

—En julio hará un año, señor.

—Un año ya, esto...

—Otto, señor.

—Lo sé.

El joven, correcto, se situó de espaldas a él. Otto había llegado al Savoy en 1931, un mal año, en general. La crisis de la economía mundial tampoco se había detenido ante el hotel. Las pernoctaciones habían disminuido, Laurence se había visto obligado a rebajar el precio de las habitaciones que no tenían vistas al Támesis. Aunque el gasto público se había reducido drásticamente, el gobierno no tenía controlada la difícil situación. Se habían recortado las pensiones y el subsidio por desempleo, a consecuencia de lo cual se habían declarado violentas huelgas. Y no sólo los sindicatos, incluso la Marina Real estaba en huelga. El primer ministro, laborista, había dimitido para después aceptar el nuevo encargo de formar un gobierno de unidad nacional que contaba con el apoyo de los conservadores, debido a lo cual su propio partido lo había expulsado. El 31 de julio, el Banco de Inglaterra se había visto obligado a renunciar al patrón oro y, desde entonces, la libra se hallaba en caída libre y dependía de la oferta y la demanda del mercado de divisas.

Larry examinó el frasquito de agua de colonia que había en un rincón de la cabina. En la época calurosa del año, aquel perfume refrescante se encontraba a disposición de quien pudiera necesitarlo en una repisa minúscula junto a la cual se ofrecían pañuelos con el monograma de la casa. La costumbre hizo que cogiera un pañuelito, se sirviese del pulverizador y se aplicase delicadamente un poco de agua de colonia en la nuca.

—Hay que cambiar el frasco —dijo a Otto—. Está prácticamente vacío.

—Informaré a la señora Drake. —El ascensorista abrió la puerta de cristal y la reja extensible—. Quinta planta, señor.

—¿Cuándo fue la última vez que estuviste en casa, Otto? —preguntó Larry al bajarse.

—Hace una eternidad, señor.

—¿De dónde eres?

—De Múnich.

—La cosa está movida, con ese hombrecillo nuevo que tenéis en Múnich, ¿no es así?

—¿Qué cosa está movida, señor?

Larry saludó al muchacho con una inclinación de cabeza, enfiló el pasillo y abrió la puerta de sus habitaciones privadas. «Vivir en el hotel —pensaba cada vez que entraba en ellas—. Vivir en el hotel.»

—¿Desea desayunar, sir Laurence? —Dorothy Pyke pasó por delante de él.

¿Por qué esa mujer no era capaz de andar como andaban todas las mujeres? Era como si el ejército británico hubiese ocupado el edificio.

—¿Desayunar? —Se quitó la chaqueta—. Son las doce y media.

—Almorzar, entonces.

Dorothy vestía un traje de chaqueta entallado de rayas azules. Como concesión a la primavera, ese día lucía una blusa de color lila.

—No, gracias, sólo té. —En mangas de camisa, sir Laurence se sentó al escritorio y abrió el portafirmas—. Dígale a la señora Drake que hay que bruñir los pomos de las puertas de la entrada. Que utilice ese producto con zinc, de lo contrario las manchas estarán ahí otra vez mañana.

—Tiene que comer más —le aconsejó Dorothy desde la estancia contigua—. Debería hacer lo que dice el doctor.

—El doctor también dice que tengo una dolencia cardiaca. Y ambas cosas son absurdas. —Larry se puso a canturrear—: «*Ningún corazón es más leal que el tuyo*».

Su despacho estaba orientado hacia el oeste, y el salón daba al patio interior. A Laurence no le interesaban lo más mínimo las famosas vistas de Londres que tenía el Savoy. Quien quisiera disfrutarlas debía pagar un precio elevado por ello.

—No debería tomárselo a la ligera.

Larry levantó la vista: allí estaba ella, Dorothy Pyke, la asistente más joven que había visto nunca el hotel, y también la más bella. Era espigada y llevaba el cabello largo con raya al medio y peinado severamente hacia atrás, donde se perdía en unos alegres rizos al llegar a la nuca. A excepción de los labios, no se maquillaba. Fue hacia él con la taza de té humeante.

—¿Ya está listo el té? —Larry ladeó la cabeza—. ¿Es que hace usted magia?

—El señor Sykes lo ha visto entrar y ha llamado.

—Vaya, conque mi jefe de mayordomos tiene ojos en la espalda...

Dorothy dio media vuelta para ir a por el correo. Sir Laurence bebió el primer sorbo de té.

Antes de abandonar el edificio de la BBC, Violet Mason besó a Max Hammersmith apasionadamente, como a él le gustaba que hiciera. Ardía en deseos de acostarse con ella pronto, aunque, para ser exactos, quería acostarse con ella desde hacía dos semanas, desde que le prodigó las primeras muestras de cariño. Para Violet no había nada más inspirador que trabajar para Max Hammersmith. Nadie la entendía mejor que él. Y Max estaba dispuesto a tolerar su falta de experiencia en el oficio porque le encantaba lo revolucionaria que era Violet a la hora de inventar historias. La propia BBC era una revolución, la radio como medio de comunicación era una revolución, y Max necesitaba mentes jóvenes, creativos alocados como Violet, para alimentar la revolución. La juventud del medio se notaba, entre otras cosas, en que la nueva sede de la BBC todavía no estaba terminada. Aunque ya habían inaugurado el edificio de Portland Place, aún quedaban obras por llevar a cabo. Y esa circunstancia dio a Max la oportunidad de besar a Violet.

Tras grabar en el estudio B4, Violet se despidió de los locutores y Max la acompañó al ascensor. Antes de que llegaran a él, Max apartó la barrera que delimitaba las obras y llevó a Violet a la sala de la orquesta, donde unos pilares desnudos y fríos de hormigón permitían pronosticar que allí no tocaría ninguna orquesta hasta al cabo de bastante tiempo. Max se quitó las gafas, estrechó entre sus brazos a Violet y la besó en la boca. Max era enorme, y aunque se inclinó considerablemente, ella tuvo que ponerse de puntillas. Violet estaba entusiasmada por poder escribir para Max. Éste exigía textos con fuerza, cáusticos, sobre política actual, reportajes, piezas radiofónicas: no se ponían límites a las emisiones que atraían diariamente a millones de personas al aparato. Sin embargo, Violet no quería ascender profesionalmente de esa manera. No quería tener que devolver el favor a Max ejerciendo de amante. Durante las reuniones que celebraba la redacción, cuando intercambiaban palabras clave, era cuando se sentía más cerca de él. Nadie pensaba, nadie hablaba más rápido que él, nadie sabía establecer vínculos con tanta crudeza como Max Hammersmith.

—Llego tarde —le susurró ella al oído.

Sin soltarla, él consultó el reloj.

—No, soy yo el que llega tarde. —Sus manos le recorrieron la cintura—. ¿Nos vemos esta tarde?

—No puedo.

—¿Se puede saber qué haces todas las puñeteras tardes de todos los puñeteros días? —gruñó afectuosamente.

—Sólo será una semana.

—Malgastas tus energías, Vi. —Le acarició el cabello—. Como decía mi tía Rachel, que era una mujer inteligente: «Un trasero no puede montar dos caballos».

—Me necesitan.

—¿Para qué? Es Shakespeare. ¿Es que quieren que reescribas a Shakespeare? —Al ver que ella no contestaba, Max le levantó el rostro—. Empiezo a pensar que tienes algo con uno de esos actores inútiles.

Violet sonrió. Qué idea tan absurda... Ella no tenía nada con ningún actor, ése no era el problema.

—Me tengo que ir, de verdad. —Se apartó con delicadeza.

—Yo también. —Él la soltó.

Violet tuvo la sensación de que lo decía para no quedarse allí plantado como un idiota enamorado.

—Bueno, pues hasta mañana.

—Sí, hasta mañana.

Max la acompañó al ascensor, pero no esperó a que la puerta se abriera, sino que echó a andar por el pasillo. «Se ha llevado una decepción —pensó Violet—, no estoy siendo sincera con él. La semana que viene como muy tarde le contaré la verdad.»

Violet salió de la sede de la BBC por la entrada principal. Como la estación de metro de Regent's Park quedaba demasiado lejos para ir andando, paró un taxi. Semejante comodidad no se correspondía con su categoría salarial, pero evitaría que Gielgud le echara un sermón. John Gielgud, la estrella más rutilante de los escenarios londinenses, aborrecía la falta de puntualidad. También aborrecía el teatro Sadler's Wells, de reciente construcción, porque consideraba que la sala parecía una tarta nupcial mordisqueada y la acústica era espantosa. Pese a ello, Gielgud interpretaba allí a Shakespeare.

—A Arlington Way, al teatro —pidió Violet al taxista.

—En Arlington Way no hay ningún teatro —contestó el hombre, sin ponerse en marcha.

—Créame, lo hay, es nuevecito.

«Todo es nuevo —pensó mientras el FX3 negro arrancaba a trompicones—. Todo es nuevo en todas partes, y yo soy la mujer que está aquí desde el principio. Soy exactamente igual que Londres, conservadora y progresista al mismo tiempo. Educada en el conservadurismo, imbuida de valores convencionales que en este momento estoy tirando por la borda. Es peligroso..., pero sobre todo es estupendo.»

—Evite Kings Cross —le indicó al taxista—. A esta hora es complicado atravesar esa zona. Vaya por Argyle Street, gire dos veces a la derecha y lo verá.

Refunfuñando, el hombre torció al llegar al siguiente cruce. A pesar del atajo, Violet llegó tarde. No escaparía de la ira de Gielgud.

Éste llevaba puesto el traje tradicional de Malvolio. Cuando John Gielgud representaba a Shakespeare, no lo hacía a la manera tradicional. Gielgud era vanguardista. Las palabras de Shakespeare nunca habían sonado más frescas, más puras, más enérgicas. Mientras le leía la cartilla a Violet, ésta no pudo evitar reírse para sus adentros. Allí estaba el mejor actor de Inglaterra, con calzas y ligas cruzadas, sermoneándola. Por otro lado, Gielgud también era un perfeccionista, así que no perdería más de dos minutos en echarle la reprimenda a una dramaturga insignificante. Ese hombre funcionaba como un reloj. Comenzaba los ensayos con una puntualidad escrupulosa y los terminaba con mayor puntualidad aún. A la una de la tarde lo vencía el agotamiento, razón por la cual se echaba a dormir en su camerino, aunque hubiese que interrumpir la obra en mitad de una escena.

—Le pido disculpas, señor. No volverá a pasar —repuso Violet, tan compungida como esperaba Gielgud.

Éste asintió con altanería, los dos minutos habían transcurrido, y Malvolio echó a andar para salir a escena. Violet ocupó deprisa su sitio. Su cometido era actualizar en todo momento el libreto del apuntador. La representación era demasiado larga, y eso no se podía permitir, pues de lo contrario el público perdería los autobuses de las diez de la noche. El propio Shakespeare comprendería que no se le podía hacer eso a la gente. Gielgud había subrayado pasajes enteros, y ese día los actores ensayaban las transiciones nuevas.

El regidor le hizo una seña a Violet por segunda vez. Absorta como estaba en el libro, ésta no se había dado cuenta, de manera que el hombre advirtió a la apuntadora, que propinó un empujoncito a Violet. Cuando levantó la vista, el regidor le dio a entender que tenía una llamada y se retiró deprisa; Gielgud se percató del alboroto.

—¡Gracias a mi estrella soy venturoso! —exclamó el actor con los brazos abiertos, mientras lanzaba una mirada severa al regidor—. ¡Gastaré calzas amarillas y me cruzaré las ligas sin más tardanza! ¡Loado sea Júpiter!

Violet escuchó el resto del monólogo desde la distancia. Se había escabullido sin hacer ruido por la puerta lateral de la sala y tenía el auricular pegado al oído.

—¿Qué le ha pasado a mi abuelo? —musitó.

Sir Laurence no era la clase de hombre al que uno imaginaba como abuelo. Violet lo conocía como la persona que se había fijado como meta ir siempre hacia delante. Incluso cuando tenía la edad de un patriarca, Larry parecía más joven que los jóvenes que lo rodeaban en su reino. Ese reino se hallaba a casi dos kilómetros del lugar del que ahora Violet se marchaba deprisa y corriendo. Ya podía ponerse furioso Gielgud, o incluso perder ella su empleo: nada le impediría ir corriendo al lado de su abuelo.

2
El cielo

—¿Quién ha sido el primero que lo ha visto? —Violet subía los escalones de dos en dos, mientras que al señor Sykes, que subía a su lado, le faltaba el aliento.

—Lo ha encontrado la señora Drake. Ha ido a preguntarle por el abrillantador de latón —jadeó el jefe de mayordomos con los faldones del frac ondeando.

—Y ¿dónde estaba Dorothy durante todo ese rato?

En el descansillo, un grupo de huéspedes árabes se dirigía hacia ellos. En lugar de apartarse, Violet se abrió camino por en medio.

El señor Sykes hizo una leve reverencia ante los hombres, que vestían túnicas hasta el suelo.

—Desde que ha sucedido la desgracia no hemos vuelto a ver a la señorita Pyke —contestó.

Violet dejó al mayordomo atrás. En la quinta planta, la puerta de las habitaciones privadas de Larry estaba entornada, y su nieta entró sin llamar. Henry y Judy aguardaban en la antesala, con el miedo escrito en el rostro.

—El doctor sigue con él.

A Henry, el príncipe heredero, Violet le había tomado cariño. A sus casi cincuenta años, tenía un algo aniñado. Era el único hijo legítimo de Larry y, por tanto, su sucesor. Violet lo compadecía por tener que llevar semejante carga. Sabía que Henry no esperaba impaciente a que le llegase su turno, sino con el temor que le inspiraba la certeza de que no iba a estar a la altura. Su cara de niño mayor estaba pálida y enflaquecida, tenía el cabello rubio pajizo despeinado.

Violet lo saludó con naturalidad, dándole un beso.

—¿Qué dice el doctor Hochsinger del estado en que se encuentra Larry?

—Todavía no hemos hablado con él. Pero dado que no ha enviado a papá al hospital, creo que es de esperar...

Se volvió hacia su esposa.

—Creemos que posiblemente el ataque no sea tan grave. —Ella terminó la frase.

Judy era una mujer que se preocupaba poco por su apariencia y, precisamente por eso, tenía un aspecto fresco y natural. Algunos años menor que Henry, habría podido pasar por su hermana pequeña.

—¿Dónde estaba Dorothy cuando ha sucedido?

—Todavía la están buscando —respondió Judy, que llevaba el cabello recogido en un moño y no trataba de encubrir el incipiente gris.

—¿No vamos a entrar? —preguntó Violet impaciente, mientras se acercaba a la siguiente puerta.

—Hochsinger dice que papá necesita reposo absoluto —contestó Henry, que fue tras ella.

—Larry ha pedido que me llamen. Me quiere ver.

—Porque eres su favorita. —Henry sonrió con la tristeza que caracterizaba su vida—. Tú y Laurence siempre habéis sido como amigos. Eres más parecida a él de lo que lo seré yo nunca —dijo, poniéndole una mano en el hombro.

—Entra —la instó Judy—. Habla con Larry y dinos qué podemos hacer por él.

Violet no sabía qué decir. Era verdad que ella y su abuelo estaban hechos de la misma pasta. Entró en el salón. Separado por una puerta corredera, el espacio se prolongaba hasta el dormitorio. La cama estaba en el extremo opuesto, Violet tenía un largo camino que recorrer.

Aunque era un hombre apegado a las tradiciones, sir Laurence había desterrado de la casa todo lo anticuado, recargado y almibarado, todo lo victoriano. No había por ninguna parte borlas cubiertas de polvo y cortinas de terciopelo recogidas, ni cuadros cursis o mesas auxiliares trasnochadas. Le encantaban las líneas modernas de la década. También la bóveda revestida de madera blanca y negra que sostenía la cúpula de cristal era un símbolo de los gustos de Larry. Sobre su cabeza sólo estaba el cielo, a través de la cúpula que se abría encima de su cama podía ver las estrellas. Una butaca azul marino, un espejo con marco de plata y una lámpara con forma de cáliz en la mesilla de noche constituían todo el mobiliario. Las piñas sobre fondo rojo que formaban el motivo decorativo de la cenefa de la alfombra eran el único detalle divertido de la estancia.

Violet se acercó a su abuelo siguiendo las piñas.

—¿Cómo te encuentras?

En la enorme cama, sir Laurence parecía un niño.

—¿Te ha costado escaparte?

Ella se percató de lo débil que estaba por su forma de levantar la mano.

—En absoluto. —Se sentó en el borde de la cama—. ¿Qué ha pasado?

—Es ridículo. He perdido el conocimiento.

Como para demostrar que aquello no había tenido importancia, Laurence estrechó a su nieta entre los brazos.

El doctor Hochsinger salió del cuarto de baño y se bajó las mangas de la camisa.

—Reposo absoluto, sir Laurence, no hable mucho —dijo, y luego sacó el talonario de recetas del maletín.

—Es mi nieta.

Larry estrechó a Violet contra su pecho.

El doctor Hochsinger observó con aire pensativo al enfermo y a la joven.

—Volveré esta noche.

—¿Para qué? Estoy como una rosa.

Hochsinger se puso la levita.

—Tiene en el pecho un corazón con setenta y dos años, sir Laurence, y no late como debería. No está usted como una rosa.

—Violet es como una medicina para mí. —Larry sonrió.

—Para ir sobre seguro, le he prescrito otra. Manden a alguien por ella. La dosificación está indicada en la receta.

—Yo me encargo —dijo Violet, y cogió el papel azul celeste.

Hochsinger era una eminencia. De él se decía que había traído al mundo a más hijos de damas de la nobleza que cualquier otro.

—¿Me podría decir qué es, doctor?

—El corazón —repuso el médico—. Pero la causa hay que buscarla en otra parte. Le he sacado sangre, y esta noche sabré más.

Cerró el maletín, hizo una escueta reverencia ante sir Laurence y salió de la habitación. Cuando abrió la puerta, Henry y Judy fueron hacia él.

—¿No quieres que entre Henry? —susurró Violet—. Él y Judy están muy preocupados.

—Ahora mismo estoy con vosotros, mis queridos hijos. Me encuentro bien, el doctor os lo confirmará. —Larry hizo una señal a ambos—. Necesito hablar un momento con Violet.

—Tómate tu tiempo, papá —contestó el Joven Henry.

En cuanto la puerta se cerró, la expresión de Larry cambió. Lo abandonó todo rastro de alegría, palideció, y Violet vio que tenía ojeras.

—Vi, escúchame bien: me están echando algo en el té.

—¿Cómo dices?

—Me están envenenando.

Violet se arrodilló junto a la cama y le cogió la mano.

—¿Cómo lo sabes?

—Ha sido Dorothy. —Él también le apretó la mano—. Tiene que haber sido Dorothy. Es la que me ha traído el té.

—¿Has comunicado a Hochsinger tus sospechas?

—¿Cómo se te ocurre tal cosa? No estoy loco. Es preciso que nadie sepa nada de esto, absolutamente nadie.

—¿Dónde está Dorothy?

—Nadie lo sabe. Es como si se la hubiese tragado la tierra.

—¿Siempre te prepara ella el té?

—Casi siempre. —Sir Laurence se percató de la mirada dubitativa de Violet—. A fin de cuentas nunca voy a la cocina a comprobar quién me lo prepara.

Violet señaló las habitaciones que daban al patio.

—Junto a la cocina está el montacargas. Dorothy podría pedir el té abajo. ¿Por qué estás tan seguro de que ha sido ella? ¿Por qué estás tan seguro de que alguien podría haber hecho algo así? Tú ya habías sufrido...

—¿Un infarto? —El anciano entornó los ojos—. Eso ocurrió hace diez años, y la sensación fue distinta. —Larry apuntó con el dedo hacia arriba, donde un cielo despejado se extendía por encima de la cúpula—. Esta mañana he salido a dar un paseo, hacía un día espléndido, me encontraba como una rosa. Al volver le he dicho a Dorothy que quería tomar una taza de té. Y ha pasado algo curioso: el té ya estaba listo. ¿Cómo podía saber lo que yo querría? Me refiero a que a veces en lugar de té prefiero...

—Brandi.

Laurence le acarició a Violet el pelo, humedecido en las sienes por haber acudido corriendo.

—Cuando le he preguntado a Dorothy si había hecho magia con el té, me ha contestado que el señor Sykes la había informado de mi llegada.

—Parece plausible.

—Salvo por el hecho de que Sykes no me había visto en el vestíbulo. Oppenheim se lo ha preguntado.

—¿Has puesto esto en manos del detective del hotel?

—¿Quién hay más indicado que él?

—La policía.

Larry se desabrochó el último botón del pijama.

—Lo último que necesito es que unos agentes de uniforme se paseen por mi hotel. Oppenheim es la persona ideal. No llamará la atención que el detective del hotel venga a verme. A partir de ahora no tendrá que dar caza sólo a carteristas y cazafortunas, sino también a un envenenador.

—Parece que esto te divierte —observó, preocupada, Violet—. Como si sólo fuese un juego.

—Un juego ambientado en el Savoy. —Larry sonrió—. O acabo muerto, en cuyo caso habré perdido, u Oppenheim elimina al responsable, en cuyo caso habré ganado.

—¿Y si te equivocas? —Violet se levantó—. ¿Y si sólo es que te has puesto malo y nadie ha tenido nada que ver con esto? No me imagino a la señorita Pyke...

—¡Sir Laurence! —El señor Sykes apareció en la

puerta—. La señorita Pyke está aquí. ¿Quiere que la haga pasar?

—Primero has de llamar a Henry. —Violet se inclinó hacia su abuelo—. No puedes humillar a tu hijo delante de los empleados.

—Eres una chica lista. —Laurence le guiñó un ojo—. Henry, Judy, perdonad que os haya hecho esperar tanto —se disculpó—. Pasad, os lo ruego. —Hizo una señal al mayordomo—. Que la señorita Pyke espere. Hágala pasar al despacho.

—Como desee, sir Laurence.

—Pero sentaos, por favor. —Larry les tendió ambos brazos—. Como podéis ver, me encuentro bien. ¿Os apetece una taza de té? Uy, pero qué tonto soy, si he pedido a Sykes que se retirara...

—Yo me encargo.

Violet les dio espacio y tocó el llamador del salón. Al cabo de pocos segundos aparecería un botones.

3
Oppenheim

Se animaba a Otto a que se dirigiera a los huéspedes ilustres por el título correspondiente: *milady, comandante, excelencia*. Pero, por otro lado, debía tratar prácticamente de forma anónima a las personalidades conocidas que subieran al ascensor. A Otto le habría gustado conducir a la tercera planta al caballero que se miraba en el espejo detrás de él sin decir palabra, pero el hombre le había formulado una pregunta, y ya era el segundo que le preguntaba ese día por su ciudad natal.

—¿Qué sabe de Múnich?

Tenía el cabello cano y rizado, rostro de rasgos nobles, la mirada sobria y bigote de morsa. Daba la impresión de que se encontraba satisfecho con su aspecto.

—Hace mucho que no voy a casa, esto... señor.

Cuando uno coincidía con miembros de la aristocracia por primera vez, el título correcto para dirigirse a ellos era *excelentísimo*; la segunda vez bastaba con *sir* o *milady*. Pero ¿también era válido eso para un primer ministro? Otto se vio entre la espada y la pared.

—En Múnich la cosa está que arde. Reina una gran tensión.

«¿Qué les ha dado hoy a todos con Múnich?», pensó Otto. Él era oriundo de Maxglan. Su padre había caído en la guerra, y de él Otto sabía básicamente que adoraba a la reina Victoria y que, para el instruido librero, había sido una desfachatez luchar contra los cultivados británicos. Quizá cambió de opinión después de que los ingleses convirtiesen las trincheras alemanas en un paisaje lunar tras siete días de fuego nutrido con un millón y medio de granadas en la batalla del Somme. Al padre de Otto no lo mató una granada: lo hizo pedazos una mina gigante que los zapadores británicos introdujeron en unos tubos largos bajo la línea del frente alemán. Al parecer, la detonación se oyó incluso en Londres. Al ascensorista le habían enseñado en la escuela que los franceses eran el enemigo declarado de los alemanes, pero, con la perfidia que se gastaban, había que recelar aún más de los británicos.

Otto no quería vivir a costa de su madre y con trece años había entrado a trabajar de friegaplatos en el hotel Vier Jahreszeiten, en la calle Maximilianstrasse. Un caballero acomodado de Sussex que buscaba criado le propuso que lo acompañara a Gran Bretaña. Tras pasar un año a su servicio, Otto buscó su salvación en Londres y empezó en el Savoy de limpiabotas. Sir Laurence no tardó en fijarse en él y pensó que un rostro tan lozano no podía desaprovecharse en el cuarto de limpiar botas. Así que le dio una librea y unos guantes blancos y le asignó el ascensor número tres.

Por un espejo cóncavo situado sobre el panel de botones, Otto podía observar a quienes ocupaban el ascensor sin que se dieran cuenta. Desde que pasaba sus días en esa cabina que subía y bajaba, había aprendido a clasificar las miradas de la gente: las risueñas de las damas, las curiosas de ancianos dignatarios. A esas alturas, Otto era capaz de distinguir en cada una de ellas el agrado, el deseo y la envidia. Sin embargo, en la mirada del caballero que tenía detrás no veía nada de eso. Ese hombre se limitaba a mirarse a sí mismo. Otto sonrió.

—¿Qué le hace tanta gracia?

El caballero se percató del desliz de Otto. Había cometido un error, un error descomunal, ya que un ascensorista era, por así decirlo, aire, y no podía permitirse mostrar emoción alguna.

—Le pido disculpas, señor, pero es que es usted la segunda persona que me pregunta hoy por Múnich. Por desgracia no sé gran cosa, mi madre apenas tiene tiempo de escribirme.

—Pero sin duda leerá usted los periódicos.

El primer ministro se pasó ambos dedos índices por el bigote.

—Los empleados no podemos hacer uso de los diarios.

—En los tiempos en que vivimos todo el mundo debería estar informado.

—Le agradezco la indicación, señor. —El ascensor se detuvo—. Tercera planta, señor.

Al salir, el primer ministro dirigió a Otto una mirada escrutadora.

—Típico de sir Laurence, dar empleo a un ascensorista alemán.

Otto hizo una reverencia absurda. Era verdad, su madre no le escribía casi nunca, en cambio Gabriele, la prima de Otto, le mandaba cartas a menudo. Gabriele tenía dos años más que él. La noche antes de que se fuera de Alemania, Gabriele y él se besaron. Fue un único beso en el barrio de Schwabing, pero, desde entonces, Otto no había podido evitar pensar en ella con frecuencia. Gabriele le hablaba de los descabellados cambios que se estaban operando en Múnich y de la entrada en escena de ese hombre que era la comidilla incluso en Londres. «Todo lo que dice es verdad —le había escrito Gabriele—. Me pregunto por qué nadie ha dicho antes todas esas verdades de un modo tan claro y sencillo sobre el pueblo, la raza y nuestra patria. El viernes que viene volveré a su organización. A mí me parece que este hombre no dice más que la pura verdad.» Otto guardaba con mimo las cartas de Gabriele, no tanto por su contenido como porque estaba entusiasmado con su bella prima.

Mientras Otto cerraba la reja extensible del ascensor, el primer ministro saludó con una inclinación de cabeza a los agentes de policía que habían inspeccionado y asegurado la escalera y lo esperaban en el pasillo.

—Anuncien mi presencia a la duquesa.

El agente de más rango se adelantó y llamó a la puerta de la suite del mirador. En ese mismo instante, la señora Drake avanzaba por el pasillo. La gobernanta reconoció al notable huésped e hizo la debida reverencia mientras el ministro entraba en la suite de lady Edith.

Más de una persona en el hotel habría apostado a que la señora Drake era un hombre. Como gobernanta de más antigüedad, iba enfundada en el uniforme propio de su categoría, pero era más alta que la mayoría de los empleados varones. Su piel era porosa como la de un elefante, y el rubio de su permanente sólo se podía definir como agresivo. Nadie había visto nunca a un señor Drake en el hotel.

—¡Espera! —exclamó la señora Drake antes de que Otto pusiera en funcionamiento el ascensor.

Tras subirse, cogió el frasquito de agua de colonia y miró a través del cristal tallado.

—Pero si no está vacío.

—Pese a ello, sir Laurence desea que se cambie.

La señora Drake se guardó el frasco.

—Llévame abajo, muchacho.

—Como usted ordene, milady.

Otto hizo un guiño y cerró la reja.

Mayor, sir Laurence se sentía mayor y vacío, aunque estaba visiblemente mejor. Se dejó caer pesadamente en la silla del escritorio, una pieza de principios del siglo XIX que no sólo giraba, sino que además se podía reclinar por medio de un sistema de muelles. Encima del pijama llevaba puesto el batín negro con el monograma del Savoy. Sir Laurence indicó a Oppenheim con un gesto que podía empezar.

Habían pedido a Dorothy Pyke que tomara asiento frente a ellos. El detective del hotel había situado su silla allí donde la cruda luz del sol de mediodía le daría en el rostro. El sol le hacía las veces de lámpara durante los interrogatorios.

—Estamos realizando una investigación interna —comenzó—. Es un factor determinante que pueda llevar a cabo mis pesquisas sin que nadie se entere. Si llegara usted a revelar algo de esta investigación, me vería obligado a presentar una denuncia en su contra. ¿Lo ha entendido, señorita Pyke? —Oppenheim se apoyó en el escritorio.

Larry se fijó en que los brazos del detective amenazaban con reventar las costuras de la chaqueta.

—Está bien, Clarence, lo entendemos —intervino sir Laurence, al tiempo que unía las manos—. Dorothy, escuche usted bien. Quiero que sea la primera a la que se interrogue para que demuestre sin tardanza su inocencia, ya que de lo contrario no podremos seguir desempeñando nuestro trabajo.

—Lo comprendo, sir Laurence.

Apreciaba a la señorita Pyke, que a pesar de su juventud poseía una autoridad nata, aunque en ese preciso instante era poca la que dejaba traslucir. El sudor le perlaba la frente, y en el rostro sin maquillar el pintalabios resultaba estridente y excesivo.

—Continúe, Clarence, haga el favor.

—¿Por qué ha lavado usted de inmediato la taza y la tetera del servicio de té de sir Laurence?

—Porque es normal fregar un servicio de té que se ha utilizado —contestó.

—¿Siempre es usted quien lava el servicio de té?

—Cuando el tiempo me lo permite. —La señorita Pyke miró a Oppenheim como si no se esperase de él una pregunta tan tonta.

—No es eso lo que ha dicho el servicio de habitaciones —objetó éste—. Normalmente deja usted en el montacargas el servicio que se ha utilizado y lo envía a la cocina.

—Hoy no había mucho que hacer en el despacho, por eso me he encargado yo. —Dorothy se alisó el talle del traje.

—He enviado la taza, la tetera y la lata del té al laboratorio. —Oppenheim dio la vuelta a la mesa—. Si ha quedado aunque sea el más mínimo resto de veneno, lo encontrarán.

El tono de Oppenheim no parecía tanto una amenaza como una advertencia. A juicio de Larry, era como si quisiera transmitir a la señorita Pyke un mensaje secreto. Sir Laurence observó a su detective. Era un hecho probado que los hombres musculosos podían echar a perder un traje, en cambio los hombres de complexión un tanto enjuta y que al desnudo parecían débiles y desvalidos se veían ágiles, elegantes y en forma cuando vestían un traje bien cortado. Oppenheim formaba parte del primer grupo, parecía una escultura de hierro fundido. O se movía o se quedaba de piedra. No había punto medio: no era sigiloso, ligero, algo extraño tratándose del detective de un hotel, del que cabría esperar que recorriese las habitaciones sin llamar la atención, que se deslizara más que caminara, que se mantuviese suspendido en el aire más que apoyando los pies. Si una cosa estaba clara era que la costosa tela con la que se había confeccionado el traje de Oppenheim se estaba desperdiciando en aquella mole de músculos.

Tras mirar el sol un instante, la señorita Pyke se volvió hacia Larry:

—Me consterna y me parte el alma que me crea usted capaz de envenenarlo, sir Laurence.

—Limítese a hablar conmigo, señorita Pyke —intervino Oppenheim, casi como si fuera un amante celoso—. Sir Laurence ha pedido asistir al interrogatorio en calidad de oyente. Ha afirmado usted que el señor Sykes había visto entrar en el hotel a sir Laurence y que la había informado a usted al respecto. He hablado con el jefe de mayordomos y ha negado dicha conversación, y dice que tampoco ha visto entrar a sir Laurence.

Larry se mecía en su silla.

—¿Por qué me ha mentido, Dorothy?

—Porque a usted no le gusta que suba a la azotea —repuso ella, dueña de sí.

—¿A la cúpula? —En el rostro de Larry asomó una sonrisilla.

—Así es. Estaba allí arriba.

—¿Durante su jornada laboral? —preguntó Oppenheim.

—Sir Laurence no había llegado aún, y he aprovechado para subir.

—¿Qué hacía usted allí?

—Seguro que es capaz de averiguarlo usted solo, Clarence —apuntó, risueño, Larry.

—Ha subido usted a la cúpula —repitió Oppenheim mientras miraba de arriba abajo a la señorita Pyke, su severo peinado, la seductora línea que describía su nuca, los hombros inusitadamente anchos y las piernas largas—. Ha subido a la cúpula a mediodía.

Molesto por no ser capaz de resolver el enigma, los músculos de la espalda de Oppenheim se abultaron.

—La señorita Pyke ha subido a la azotea a fumarse un pitillo aprovechando el buen tiempo. Y así ha sido como... —Sir Laurence la animó a terminar la frase con un gesto.

—Así ha sido como lo he visto a usted —concluyó ella—. He visto que venía hacia el hotel dando un paseo por The Strand.

Larry no encontraría con facilidad una asistente mejor que Dorothy, razón por la cual confiaba en que no tuviera nada que ver con todo aquello.

Oppenheim no opinaba lo mismo.

—Desde esa distancia es imposible que reconociese usted a sir Laurence. Además, llevaba sombrero.

—Reconocería su manera de andar entre un millar de personas, sir Larry.

—¿Qué tiene de especial mi manera de andar? —El aludido dejó de balancearse.

—Es única. Como si fuese a ponerse a bailar de un momento a otro.

—A bailar, ¿de veras? ¿Sí, en serio? —No pudo evitar reírse para sus adentros.

Oppenheim estrelló el puño en la palma de la mano contraria, el trato tan familiar que veía entre su jefe y la sospechosa lo molestaba.

—Que viera usted a sir Laurence en la calle no era motivo para mentirle.

—En este caso sí —objetó Dorothy—. Sir Laurence me prohibió expresamente subir a la azotea.

—En efecto —corroboró él con un movimiento de cabeza—. No vaya a pasarle algo.

—Comprobaré que desde este lado de la azotea se ve The Strand —aseguró Oppenheim—. Pasemos al desarrollo cronológico. Después de que retirara usted el servicio, sir Laurence ha sufrido un ataque al corazón.

—Un desvanecimiento transitorio —corrigió Larry.

—Tendría que haberse percatado usted del estado en que se hallaba su jefe, señorita Pyke, pero no estaba allí. La señora Drake no ha encontrado a sir Laurence hasta pasada media hora. Durante ese tiempo podría haber sucedido lo peor. ¿Dónde se encontraba usted, señorita Pyke?

«Mejor no ponerse en lo peor», pensó Larry. Porque ¿qué habría sido lo peor? ¿Morir? Curiosamente, la muerte no le resultaba algo amenazador. Lo imperdonable hubiera sido, sin embargo, que no tenía en orden sus asuntos. Laurence no poseía riquezas, pero quería transmitir su legado. Al ser nieto de un inmigrante alemán, había aprendido el oficio desde abajo, había ido ascendiendo deprisa hasta que, hacía casi cuarenta años, finalmente se había hecho con el Savoy. Había convertido el hotel en uno de los mejores de Londres y el rey lo había nombrado «sir». Era preciso conservar esos logros. Al mismo tiempo, Larry temía el asunto de su sucesión. Henry era el mejor ejemplo de un hijo que nace con un pan debajo del brazo. Cada vez que algo le había ido mal en la vida, sir Laurence había hecho valer su influencia. Ese hijo que pronto cumpliría cincuenta años difícilmente sería capaz de continuar la obra de su padre. Tanto si habían intentado envenenarlo como si su corazón lo había dejado en la estacada, ese día había cruzado una puerta. Y lo que había visto al otro lado le confirmaba que tenía que actuar. Se levantó con dificultad.

—Les ruego que me disculpen.

Dorothy se sintió impulsada a ayudar a su jefe, pero permaneció sentada.

—Yo ya he terminado por hoy —decidió, como si nada en su relación hubiese cambiado—. Siga usted, Clarence.

Larry salió del despacho, cruzó el salón y se metió en la cama. Las voces se fueron desvaneciendo. Luego cerró la puerta, descolgó el teléfono y pidió que lo pusieran con Connaghy, Snowdon & Katz.

4
Por la noche

La noche llegó al Savoy y, con ella, las horas de máxima actividad. El salón de baile, en la primera planta, se llenó; las damas exhibían sus flamantes vestidos y los caballeros ponían a prueba su encanto con ellas. Los esposos, malhumorados, pedían champán para mitigar su malhumor. Las copas y las botellas, los vasos y las cocteleras despertaban en manos del barman. En el Salón Nightingale, los sonidos del piano recorrían discretamente las paredes, sin interferir en las conversaciones, mientras que en el salón de baile, el temperamental Arturo Benedetti y su orquesta acallaban todo cuanto no se decía a gritos. Benedetti dirigía a los cuarenta músicos, entre los cuales había tres damas, con tal vehemencia que parecía que dirigiese a Wagner o Meyerbeer. Animaba a los músicos de viento madera, frenaba a los metales, subía y bajaba al ritmo del *cakewalk* y meneaba las caderas con cada rumba.

En las salas de escritura y lectura reinaba el silencio habitual, viajantes solitarios escribían cartas a ultramar; una amante mataba el tiempo con una novela romántica a la espera de que apareciese su benefactor; un especulador redactaba telegramas urgentes. En los pasillos, junto a los espejos, se mantenían conversaciones, se concertaban citas y se entablaban discusiones, se opinaba sobre la crisis del gobierno y se hacía circular el rumor de que el primer ministro estaba en el establecimiento, aunque se le necesitaba urgentemente en Downing Street. El aroma mantecoso del rosbif y la cebollada se iba desvaneciendo poco a poco, la hora de la cena había terminado.

Violet entró en el hotel por segunda vez ese día y, por segunda vez, recibió el saludo del señor Sykes.

—¿Desea ver a sir Laurence? —preguntó el jefe de mayordomos, que obtuvo una respuesta evasiva.

Vestida con una gabardina sencilla que desentonaba con las elegantes ropas del Savoy, Violet pasó por delante de los ascensores y saludó con la cabeza a Otto, que ayudaba a subir al ascensor a una señora entrada en años que avanzaba arrastrando los pies con ayuda de dos bastones. Violet tenía la cabeza en el ensayo vespertino de Shakespeare. Gielgud había reunido a todo el mundo para comunicar su descontento, había puesto reparos a la dicción de los actores, a la imprecisión de los recursos escénicos y al hombre que agitaba la lámina metálica con la que se imitaba el retumbar de los truenos. La representación seguía siendo demasiado larga, y Violet tenía hasta el día siguiente para incorporar al texto los nuevos subrayados. Le vino al pensamiento el hombre enfermo que descansaba bajo la cúpula de cristal. Sir Laurence era el corazón del hotel, y desde ese día su corazón latía de manera irregular. Larry era la persona más fuerte que Violet conocía, pero incluso él debía aceptar las limitaciones de su cuerpo. Ella dudaba de que hubiesen intentado envenenarlo, y se alegraba de que Larry no dejara que la noticia se hiciera pública. A pesar de todo, en el hotel se cuchichearía, los rumores se propagarían por la pequeña cocina auxiliar y por el despacho. Ninguno de los empleados era capaz de imaginar el Hotel Savoy sin sir Laurence. La mayoría había entrado a trabajar bajo su dirección, más de una niña había nacido en el establecimiento y trabajaba ahora de camarera. Larry llevaba tanto tiempo a la cabeza que apenas había alguien que viviera y trabajara en el Savoy que recordase un periodo de tiempo anterior a sir Laurence. Lo trataban como si fuese un deportista olímpico. Pero no lo era, pensó Violet mientras enfilaba a buen paso el pasillo de la tercera planta.

Por el otro extremo avanzaba la señorita Rachel, la estenotipista. Era la más rápida en taquigrafía y con la máquina de escribir, de manera que resultaba comprensible que los hombres de negocios prefiriesen que fuera ella la que se encargara de su correspondencia. Circulaban rumores sobre la señorita Rachel, pero nunca se había oído nada inequívoco. Esos rumores cesaban ante las habitaciones de los huéspedes, nadie se había quejado nunca de la actividad nocturna a la que se entregaba. Violet y la estenotipista se saludaron con una inclinación de cabeza. Menuda y delicada, con grandes ojos de niña, llevaba un traje discreto y el cabello peinado con ondas al agua. Violet vio que la señorita Rachel llamaba a la puerta de la habitación 307.

Dejó la tercera planta y recorrió la cuarta, si bien tampoco se detuvo allí. Los camareros de piso disponían allí arriba de un cuarto con un buen surtido de alcohol para el servicio de habitaciones, así no tenían que bajar a la bodega cada vez que alguien pedía algo. Tenían a mano cerveza, vino, champán y brandi. Violet llamó y, al no obtener respuesta, entró, descorrió una cortina, cogió un bote de champú y tres botellines de cerveza y le dejó una nota al camarero de piso. Luego subió la escalera hasta la última planta.

De sir Laurence se decía que alquilaba todas las habitaciones, por pequeñas que fuesen.

La idea era acertada, ya que muchas personas no concedían tanta importancia a que su habitación fuese lujosa como al hecho de que se alojaran en el Savoy. Sin embargo, la morada de John no era una habitación, sino una parte del desván del edificio, prácticamente unas paredes y un suelo, que en verano resultaba achicharrante y en invierno inhabitable, a menos que uno poseyera la constitución de John. Por suerte, ahora no era verano ni invierno, sino esa estación agradable, la mejor de Londres, en que la lluviosa primavera daba paso al veleidoso verano, cuando había días en los que del Támesis no emanaba niebla ni pestilencia, sino una alegría que recordaba a las aguas mediterráneas.

John era el responsable de mantenimiento del Savoy. Ya fuese por culpa del agua, el gas o la electricidad, durante el día se lo veía siempre arrodillado en un rincón arreglando una cañería o manipulando una caja de distribución, hacía que los cables fundidos o que chisporroteaban volviesen a funcionar. John se apellidaba Mankievicz, y nadie podría haber merecido más ese apellido que el amor de Violet, la mejor persona, la más alocada y afectuosa, el hombre al que no era capaz de abandonar, pero al que debía abandonar si escuchaba a su inteligencia.

Para Violet, la inteligencia era el arma más importante de una mujer. Gran Bretaña, ese reino anclado en el pasado, era un mundo de hombres que hacían causa común. Si las mujeres querían aprovechar la más mínima posibilidad de invalidar ese mundo masculino, debían agradecérselo únicamente a su inteligencia. Sensatez, ingenio y originalidad eran, a juicio de Violet, las cualidades más importantes de todas, y seis de cada siete días ella se regía por ese triunvirato. Después llegaba el séptimo, y eso significaba vérselas con el animal.

John no era consciente de ese lado animal, a decir verdad la consciencia no era su punto fuerte. John percibía el mundo con los sentidos, y se percibía a sí mismo en ese mundo. Regalaba amor y repartía golpes, bebía cerveza y tenía barriga. Tenía muchos músculos también y un cuello que ninguna camisa era capaz de abarcar. Los ojos claros, que a veces le conferían algo similar a la astucia, pero Violet no se dejaba engañar, John no era astuto. John era bueno, una buena persona, y, cielo santo, en los tiempos que corrían ¿dónde se fabricaban buenas personas? John Mankievicz no sabía mentir, ni siquiera sabía decir mentirijillas, en su mundo la mentira aún no se había inventado.

El mayor deseo de John era ser pintor, los cuadros le fascinaban. Adoraba los lienzos y pintaba profusamente. Eran cuadros malos, pero él los quería como si fuesen hijos, motivo por el cual a Violet le faltaba el valor para decirle lo que de verdad opinaba al respecto. Decía que las obras de John eran políticas, honestas e intensas. Pero aún no había vendido ni una. John trabajaba en mantenimiento para poder permitirse ejercer su verdadero trabajo: pintar cuadros.

El hombre que sin lugar a dudas habría encajado mejor con Violet era Max Hammersmith, el intelectual, el humorista, el organizador y cínico. Un hombre así le mantenía la cabeza ocupada, le ponía alto el listón profesional, le pedía y le exigía. Dejarse besar por Max no era una expresión de la sed de amor que sentía Violet, sino de su sed de inteligencia. Max era el hombre del futuro, de su futuro; John, en cambio, era el amor de Violet. Y contra eso ¿qué podía hacer? Amaba a aquella mole pesada, que parecía una montaña a su lado cuando dormían juntos. Amaba a aquel loco de alma pura, a aquel Parsifal que no sabía nada y lo percibía todo con los sentidos, que nunca le había hecho daño a nadie. John, al que la palabra pulida resultaba ajena y que a pesar de ello sabía intuitivamente si el lenguaje transmitía algo especial, que podía llorar con Shakespeare, porque en cierto modo absorbía por los poros la verdad del arte. John poseía la capacidad de distinguir una obra de arte barata, que sólo fuese oropel, falsedad. Y los ojos se le empañaban, se daba la vuelta como un gorila en el zoo cuando los niños lo imitaban.

—Todavía no me he aseado —dijo a modo de saludo.

Luego estrechó entre sus brazos a Violet, pero separando las manos.

—¿Tienes mucho que hacer?

—Desde que por la noche encienden los focos grandes en la calle para iluminar el hotel, siempre se estropea algo en la instalación eléctrica. La red está sobrecargada.

—Lo siento —contestó ella y, poniéndose de puntillas, lo besó en la boca.

Acto seguido, él la levantó y la tendió delicadamente en el colchón.

Violet no estaba desnuda por completo, no se habían tomado tanto tiempo.

También John tenía puesta la camiseta interior. Recorrió la cadera de Violet con la mano.

—He terminado otro cuadro. —Sin preocuparse de

si ella quería levantarse ya, él salió de la cama—. ¿Lo quieres ver?

Violet habría preferido que se lo enseñara más tarde, pero cuando se trataba de sus cuadros, John era susceptible.

—Claro —repuso, porque nada le hacía más daño a John que intuir que Violet vivía en el mundo del arte real y que, para ella, él sólo era un aficionado que pintaba cuadros en el desván del Savoy.

Cansada, Violet dejó que la ayudara a ponerse en pie.

También tenía ventajas que la morada de John se hallase allí arriba. Por un pasaje se llegaba en un momento al desván propiamente dicho. Allí tenía el estudio John, con sus obras apoyadas en la pared inclinada del techo. Se adelantó medio desnudo, y ella lo siguió en camiseta interior.

—Ten cuidado, hay clavos en algunas vigas.

Se deslizaron dentro de la amplia habitación que soportaba el interior de la fachada del Savoy. Olía a madera vetusta y polvo de ladrillo.

John le enseñó el cuadro. Había captado un cielo que no existía en la realidad. Había conseguido reinventar el cielo londinense. Ese cuadro era el mejor de los que había visto Violet. John no había utilizado pincel, sino que había aplicado los tonos grises con la espátula, en capas gruesas, en manchurrones.

—Es bueno, John —afirmó, esta vez empleando palabras más sencillas que las que solía usar cuando algo no le gustaba.

—Es la primera vez que me dices eso.

—¿De veras?

—Has dicho «bueno». «Bueno» es lo máximo que hay. —La abrazó por detrás—. Me haces feliz, Violet.

Era el único que la llamaba así. En la BBC y en el hotel todos utilizaban la absurda abreviatura de su nombre de pila. Se sentía mal. ¿Cómo iba a concentrarse en lo que tenía que hacer, en forjar su futuro? ¿Cómo iba a abandonar a ese hombre cuando le hacía tanto bien, cuando se sentía llena de paz apenas entraba él en una habitación, cuando quería tanto a su John?

—Tú también me haces feliz, John. —Le acarició los pecosos brazos—. Deberíamos quitar las sábanas y llevarlas a la lavandería.

—¿Y si las ponemos al sol sin más?

Permanecieron abrazados en el caluroso desván, Violet contemplando el cielo londinense tal y como lo había pintado su amado.

5
El sonido del champán

«*Intenta que se haga realidad, di que tú también me necesitas*», cantaba en voz queda Violet. Aquella pegadiza melodía de Noël Coward era melancólica y también la triunfadora indiscutida del año. ¿Cuántas veces habría tocado esa canción el pianista, atendiendo al deseo de los huéspedes? Violet dejó vagar la mirada por el Salón Nightingale, no fuera a escandalizarse alguien al ver a aquella mujer sola que tarareaba en el bar. Pero a esa hora nadie se escandalizaba por nada. Poco antes de que amaneciera ya no había exigencias, y tampoco ambiciones o arrepentimiento por las oportunidades que se habían dejado escapar. A las tres de la madrugada en aquel sitio reinaba una indiferencia grata.

Violet había desperdiciado la oportunidad de decirle la cruda verdad a John y, con ella, la ocasión de ser sincera con Max. Al final continuaba llevando su doble vida. Por una parte era hija de ese hotel, en él había nacido y en él había crecido tras la nada gloriosa desaparición de su verdadero padre. El abuelo Laurence la había acogido en el seno de su familia. Pero, por la otra parte, también era hija del nuevo y veloz Londres, su espíritu pertenecía a la joven BBC, y al cabo de poco tiempo su cuerpo posiblemente pertenecería a Max Hammersmith. Pero su corazón seguiría siendo de John, el responsable de mantenimiento, el idealista que vivía en el desván.

Cuando se despidió de él dijo que tenía que irse a casa para escribir la reseña de un libro. Además de ese encargo para la BBC, que se emitiría al día siguiente sin falta, tenía que revisar el texto de Shakespeare. Pese a todo, Violet se dejó seducir por los sonidos que escapaban del Salón Nightingale y se tomó una última copa. Quería abandonarse un rato a la indiferencia entre la noche y el día. Después tendría que trabajar sin descanso. Si lo hacía, sería en ese estado en el que de puro cansancio uno se sentía despierto y solían salirle los mejores textos.

—Estoy de luna de miel —oyó decir Violet detrás, en una mesa.

—Confío en que la esté disfrutando —replicó una voz suave de mujer.

—Estoy esperando a mi mujer —contestó el hombre, que hablaba con acento—. No ha llegado aún.

«Alemán. No, del este. ¿Polaco?», pensó Violet.

—Y usted, ¿qué está haciendo aquí? —preguntó el hombre.

—Escuchando al pianista —respondió la voz suave.

—¿Sabía usted que es concertista de piano? —apuntó su interlocutor—. De Brasil, donde se estaba muriendo de hambre literalmente. Vino a Londres y a punto estuvo de morir de hambre por segunda vez, hasta que consiguió este empleo.

—¿Lo conoce? —Violet oyó que se encendía un cigarrillo.

—Charlamos de vez en cuando.

Percibió el agradable sonido del champán al verterlo en una copa.

—¿Dónde conoció a su esposa? —quiso saber la mujer.

—En Danzig.

Aquella singular conversación hizo que Violet se volviera. El huésped le era desconocido, pero ¿quién no habría reconocido en el acto, aunque fuera sólo a la luz de una vela, a aquella dama? Lady Edith lucía un vestido que de haber sido otra la ocasión podría haberse confundido con su camisón: seda blanca, corte recto, tirantes finos, pero el collar de perlas de tres vueltas y los guantes largos le conferían una elegancia indudable. Había llegado a oídos de Violet que el primer ministro había ido ese día a presentar sus respetos a la duquesa, pero se había marchado tras el decoroso plazo de una hora.

—¿Va usted a menudo a Danzig? —preguntó lady Edith.

—Nací allí.

«Conque no es alemán —pensó Violet—, sino hijo de una ciudad en la que viven muchos alemanes.» Separada de Prusia, Danzig era desde la guerra una ciudad estado independiente, los ejércitos polaco y británico garantizaban que fuera así bajo supervisión de la Sociedad de Naciones. El hombre tenía una nariz aguileña, y el cabello oscuro raleaba. Vestido de esmoquin, con una rosa en el ojal, no daba la impresión de ser alguien que se estaba bebiendo un último whisky deprisa, más bien parecía que la conversación casual que estaba manteniendo con lady Edith obedecía a una cita.

En ese momento, Otto entró en el bar manteniendo una bandeja de plata en equilibrio.

—¿Señor Brandeis? —preguntó discretamente.

El aludido se volvió.

—¿Sí?

Otto le hizo entrega de una carta en un sobre abierto.

—Le ruego que me disculpe —pidió el hombre a lady Edith.

Mientras el huésped leía el mensaje, Violet se preguntó por qué seguía trabajando Otto si su turno había concluido a medianoche. Además, los ascensoristas no podían abandonar su puesto. De los recados se ocupaban los mozos.

—Gracias.

El oriundo de Danzig le dio una moneda a Otto.

—¿Algo desagradable? —se interesó la duquesa.

—En absoluto, pero muy a mi pesar me temo que va a tener que disculparme. —Se levantó—. ¿Me permite que la acompañe al ascensor?

—Es usted muy amable, pero no será necesario.

El señor Brandeis hizo una breve reverencia, cogió

la llave del hotel de encima de la mesa y abandonó el Salón Nightingale. Cuando pasó por delante de ella, Violet intentó ver el número del llavero, pero fue en vano. Se recostó en su asiento. Un caballero de Danzig, de luna de miel, charlando a las tres de la madrugada con la duquesa de Londonderry. De no haber estado tan cansada, Violet se habría preocupado.

El pianista tocaba *Dancing in the dark*, y Violet se abandonó a la ilusión de que la tocaba sólo para ella. Sus dedos se deslizaban por el teclado, improvisaba con los ojos cerrados. De vez en cuando se miraba los dedos, que se recolocaban y volvían a la melodía original.

«Imaginemos que vivimos en una única y gran comunidad internacional, regidos por un gobierno global. Las naciones se han disuelto, el Imperio británico también ha dejado de existir. Nos encontramos en los albores de una civilización nueva, global, en la que no se deja nada a la casualidad, ni siquiera la procreación. Las personas no nacen, sino que se producen en centros de cría estatales. Esta sociedad moderna necesita individuos alfa, cuyo cometido es la dirección y la forja del Estado, que gozan del privilegio de un placer absoluto, interminable. Los individuos épsilon, en cambio, constituyen la capa social más baja. Cuando su estado es embrionario, se los priva de oxígeno para que sean criaturas mentalmente retrasadas. La cantidad de épsilons que se producen viene determinada por las necesidades económicas del momento.»

El locutor dejó un papel a un lado. «La novela de Huxley no vive del optimismo barato de las novelas de ciencia ficción convencionales, que pintan un mundo de color de rosa; él no pretende ofrecernos un ideal inalcanzable, no sermonea, no es su intención mejorarnos.»

—«¿Un mundo de color de rosa?» —Max bajó el tono—. Maldita sea, si no hubieses llegado tan tarde, no te habría aprobado este pobre sermón.

Estaban en la pecera, la cabina insonorizada que había entre la diligente actividad que reinaba en el edificio de la BBC y el sobrio silencio del estudio. Allí dentro no había nada a excepción de la ventana de cristal alargada por la que se podía ver el estudio de grabación. En él, el micrófono pendía de un brazo móvil, la luz roja estaba encendida, el locutor leía concentrado el texto de Violet.

Tenía que darle la razón a Max. A las cuatro de la madrugada no había conseguido escribir nada juicioso y se había quedado dormida sobre la máquina de escribir. Su reseña era vaga. Para no agachar las orejas, dio unos golpecitos con el dedo sobre las palabras en cuestión.

—¿Qué tienes en contra de «un mundo de color de rosa»?

—No tenías que explicar qué no es la novela, sino transmitir su esencia —replicó Hammersmith—. Esta novela no cambiará sólo la literatura, créeme, lo cambiará todo.

—Es tremendamente sombría, negra a más no poder.

—Precisamente por eso es tan buena —adujo Hammersmith—. Huxley analiza a fondo, de manera inexorable, el progreso global que todos siguen a ciegas hoy en día.

—De manera grotesca —musitó Violet—. Analiza el progreso a fondo, de manera grotesca.

Max se irguió.

—Eso es. Eso es lo que deberías haber escrito. ¿Cómo es que no se te ha ocurrido hasta ahora? —Antes de que ella pudiera responder, Hammersmith pulsó el intercomunicador—. Disculpa la interrupción, Dennis —se oyó por el altavoz—. Queremos hacer algunos cambios.

En un nivel inferior, Dennis, famoso por su sonora forma de hablar, levantó la cabeza y dejó el papel.

—Como quieras, Max. ¿Tardaréis mucho?

—Sólo serán unos minutos.

—¿Me da tiempo de fumarme un pitillo?

Hammersmith levantó el pulgar y se lo enseñó a través del cristal.

—Venga —le dijo a Violet—. Escribe lo que deberías haber escrito ayer. —La cogió de la mano como si fuese una niña y la sacó de la pecera. Los despachos se encontraban en el otro extremo del pasillo—. Por cierto, ¿dónde estabas ayer por la noche?

—Tenía ensayo.

—¿Hasta las dos de la madrugada?

Al lado de ese hombre que caminaba dando zancadas, Violet casi se veía obligada a correr.

—¿Es que me llamaste?

—Peor: fui a verte a casa. —Sonrió, pero no parecía feliz.

—¿A las dos de la madrugada?

El papel ondeaba entre los dedos de Violet.

—Llamé al timbre y no estabas.

—Después del ensayo fui a tomar algo con mis compañeros.

Ahí estaba, la mentira. Se dejaba ver, ni temerosa ni arrepentida, no, sino a la viva luz de los focos. Max abrió la puerta del minúsculo despacho de Violet y colocó él mismo una hoja de papel en la máquina de escribir.

—*Un mundo feliz* analiza a fondo, de manera grotesca, el progreso —la animó—. Escribe eso y ahí tienes el tono. El progreso y lo grotesco, ésa es la línea.

Violet empezó a teclear. Presintió que él tenía algo más que decir.

—Y ya puestos, cuéntame, ¿cómo pinta nuestro progreso? —preguntó en un tono distinto—. No me importa que salgas con la gente del teatro, pero, para variar, ¿qué tal si cenamos hoy solos tú y yo, Vi?

Aquella tarde no tenía ensayo, Gielgud actuaba en el teatro Old Vic, pero Violet no había dormido y le apetecía estar en casa. Sin embargo, si salía a cenar con Max, tendría ocasión de poner las cartas boca arriba. Quería acabar con las mentiras, ese hombre no se lo merecía.

La vieja máquina de escribir se atascó de nuevo.

—Buena idea —contestó ella mientras liberaba la *f* de la maraña de caracteres.

—¿Eso es un sí?

Una mirada alegre le dio la respuesta, y Max le estampó un beso en la frente.

—Date prisa, necesitan el estudio dentro de un cuarto de hora —añadió.

Salió animado del despacho de Violet, pero dejándola a ella con una sensación de angustia.

6
Palomas

A finales del siglo XIX, el barrio londinense de Pimlico se consideraba un buen lugar para vivir para aquellos hombres de negocios acomodados cuya prosperidad no bastaba para asentarse en la lujosa zona de Belgravia. Los vecinos de Pimlico eran más vitales que las gentes de Kensington y más elegantes que las de Chelsea. Sin embargo, con el nuevo siglo, Pimlico vivía una decadencia que saltaba a la vista. Las bonitas casas de tres plantas que se erguían a lo largo de las calles residenciales no pocas veces habían acabado siendo refugios baratos en los que vivían hasta una veintena de familias. Por otro lado, la cercanía a los edificios del Parlamento traía consigo que el partido laborista y los sindicatos conservaran sus oficinas en Eccleston Square, la plaza en la que se organizó la huelga general en 1926. A Violet le gustaba la proximidad del partido laborista, pero para ella era más decisivo que pudiera llegar al trabajo en tan sólo dieciséis minutos desde la estación Victoria. Prácticamente tardaba lo mismo yendo en metro hasta la parada de Embankment, desde donde el Savoy estaba a cuatro pasos. La vida de Violet se desarrollaba dentro del triángulo que conformaban estos tres barrios: Pimlico, Covent Garden y Marylebone, y había meses en los que no salía de ese universo.

Su apartamento estaba en el segundo piso, y el casero era un hombre viudo, cuyos hijos no se hablaban con él, y que a veces se quejaba de lo solo que estaba, pero sin tomarse demasiadas confianzas con Violet. Cuando llegaba la remesa anual de leña, ella lo ayudaba a amontonarla. Sin embargo, Violet se calentaba con gas. El año anterior habían modernizado la instalación y ya no era preciso que introdujera monedas cuando quería que el piso estuviera caliente.

Violet se arreglaba sentada en la cama. El tocador hacía las veces de escritorio y su flamante máquina de escribir Imperial tapaba la mitad del espejo basculante. Tenía que hacer algunas contorsiones para maquillarse en esas circunstancias y, cuando trabajaba, cubría el espejo con un chal para no verse en él.

No había una solución fácil, pensó mientras se ponía rímel en las pestañas, pero debía dar con una solución. John había encontrado el rumbo de su vida. Tenía un buen empleo en el Savoy e incluso podía disfrutar de su pasión, la pintura. Violet, en cambio, sólo estaba siguiendo su camino personal, y éste la llevaba a Portland Place y a Max Hammersmith. El Savoy era su sustrato; Larry, prácticamente toda su familia. Pese a ello, debía abandonar el hotel. Violet era escritora. Y para llegar a ser buena necesitaba a Max, con el que iba a cenar ese día, el que la llevaría a casa en coche y probablemente la besara. Esta vez no le preguntaría si podía subir con ella, ya lo había hecho dos veces y en ambas ocasiones había recibido una negativa. En todo caso, ese día era cosa de ella preguntarle si quería subir a tomar un café. Él no dejaría traslucir su alegría y preguntaría si por casualidad no tendría algo más fuerte. Violet había comprado una botella de whisky escocés e incluso había fregado las dos únicas copas que tenía. Había cambiado las sábanas y ordenado el cuarto de baño. Se echó el aliento en la mano ahuecada y, por si acaso, se metió unos caramelos ácidos en el bolso. Si lograba no pensar en John y en lo feliz que era con él, en su afecto, su sinceridad y el amor que sentía por él, la velada transcurriría como Max deseaba. Violet no se preguntó qué era lo que deseaba ella. La respuesta habría sido demasiado confusa. ¿Estaba siendo calculadora? ¿Estaba jugando con los dos? Si cuando estaba tendida con John en la cama pensaba en Max, ¿era mala persona? Si le daba esperanzas a Max, ¿traicionaba a John? Naturalmente. Traición, mentiras, el eterno caminar por la cuerda floja, la estrategia y la táctica en lugar de ser sincera y tomar una decisión clara. Sin embargo, no servía de nada regodearse en los remordimientos, tenía una cita y debía ponerse en marcha. Armada de frialdad y determinación, Violet echó a andar hacia la puerta.

Pero sonó el teléfono. Y sintió el impulso de salir deprisa, como si no lo hubiera oído. ¿Y si el que llamaba era Max para decirle que había surgido algo? Violet fue deprisa a cogerlo.

—¿Sí? —preguntó con cautela, preocupada por que pudiera ser alguien del teatro.

Esa gente llamaba a las horas más intempestivas sin que le importase lo más mínimo.

—Violet, ayúdame —escuchó.

Aunque John era mecánico de oficio, casi nunca utilizaba el teléfono. Sólo lo usaba las veces que lo llamaban cuando se desbordaba una bañera, titilaba una bombilla o había una puerta atascada. John nunca se servía del teléfono para expresarse, y Violet jamás le había oído aquella extraña voz.

—¿Que te ayude, John?

Consultó el reloj. Por desgracia, era experta en salir siempre de casa demasiado tarde cuando tenía una cita. No consideraba que fuera impuntual, pero los demás sí. Si salía corriendo en ese momento, llegaría a tiempo a la estación Victoria.

—Lo siento, pero ahora mismo... —Se interrumpió. ¿Acaso no estaba a punto de engañar a John? Visto así, al menos podía tomarse un minuto para saber qué lo preocupaba—. ¿En qué necesitas que te ayude?

—Ha pasado algo.

—¿En el hotel?

—Sí, en el hotel.

—¿A mi abuelo? —Era una pregunta absurda, ya que difícilmente el encargado de mantenimiento del hotel llamaría a Violet si Larry se encontrara peor—. Habla, John, tengo prisa. ¿Qué ha pasado?

—Necesito que vengas.

—No puedo. Tengo... —No quería mentir si podía evitarlo—. Tengo cosas que hacer.

—Necesito que vengas.

—Por favor, John... —Impaciente, cambió el peso del cuerpo a la otra pierna.

—Hay un hombre. Puede que esté muerto.

Violet se quedó helada.

—¿Muerto?

—No se mueve.

—¿Un muerto? ¿Dónde?

La noticia era terrible, desagradable cuando menos, pero no extraordinaria. En un hotel de esa envergadura, con su infinidad de habitaciones, a menudo se producía alguna defunción. Y en esos casos se procedía de manera precisa. Primero, el médico del hotel debía certificar la muerte, y después, el jefe de mayordomos llamaba a la policía. También se informaba a sir Laurence. Los agentes llegaban de paisano para no alarmar a los huéspedes. Se esclarecía la causa probable de la muerte, que en la mayoría de los casos solía ser natural. El cuerpo se colocaba en una de las grandes cestas que por lo general se utilizaban para la ropa sucia y se llevaba al ascensor del servicio más próximo. En el sótano se trasladaba el cuerpo a un ataúd de metal y se sacaba del Savoy por una salida trasera.

—Tienes que tomarle el pulso —aconsejó Violet.

—No puedo.

—¿Por qué?

—Porque no está en su habitación.

—Entonces ¿dónde está, John? ¿En el restaurante, en el bar?

—Se ha caído por la ventana.

A Violet se le pasaron por la cabeza ideas contradictorias. Si alguien se hubiese caído por la ventana del Savoy, hacía rato que habría levantado un gran revuelo, siempre y cuando hubiese aterrizado en la calle. Desde algunas habitaciones habría caído sobre la marquesina. Por eso, lo que Violet seguía sin entender de aquel grito de socorro de John era qué tenía que ver ese suceso con ella. Cientos de empleados se ocupaban de que la operación transcurriese sin dificultades y de manera que los huéspedes se enterasen de lo menos posible. Entonces ¿por qué iba a ayudarlo ella? Sin duda, no por ser la nieta del propietario del hotel.

—Deberías llamar al señor Sykes, John. Él sabe qué hay que hacer en estos casos...

—Violet, yo he tirado a ese hombre por la ventana.

Mientras lo decía, Violet oyó un llanto suave de fondo.

—¿Quién hay ahí?

—Rachel.

—¿La estenotipista? ¿Dónde estás, John?

—En la trescientos siete.

—¿En la habitación trescientos siete? —El número

le recordó algo a Violet, pero en ese momento no cayó—. Y ¿dónde está el hombre?

—En el patio de luces.

—¿Lo ha visto alguien?

—Es difícil verlo ahí —respondió John, con voz de desconsuelo—. Está en el patio de las palomas.

Como en el resto de Londres, las palomas también suponían un problema para el Savoy. Allí de donde no se las ahuyentaba, las aves llevaban a cabo su labor destructora. La palomina dañaba la fachada del hotel.

—¿Qué hace la señorita Rachel en la trescientos siete? —preguntó Violet mientras sacaba la agenda y buscaba el teléfono de Max.

—Estaba en la habitación con ese hombre. Estaba... Violet, tienes que venir. Eres la única que sabe lo que tengo que hacer.

—Está bien, John. —Profirió un suspiro—. Pero necesito unos minutos. Cierra la puerta con llave y espérame ahí. Que también se quede Rachel.

—Gracias —contestó John, y colgó.

Con dedos ágiles, Violet llamó a la BBC. Cuando lo estaba haciendo se tranquilizó, a fin de cuentas sólo faltaba un número por marcar. ¿Era pura casualidad o un guiño del destino? ¿Podía ser que alguien de arriba quisiera comunicarle algo? ¿Debía repensarse lo de aquella cita con Max Hammersmith? El dial retrocedió, se oyeron los primeros tonos.

—¿Sir Laurence?... Sir Laurence, ¿está usted despierto?

A pesar de la suela de piel de los zapatones y de su peso varonil, el detective del hotel se acercó al escritorio casi sin hacer ruido. Sostenía una carpeta fina en las manos.

—Sir Laurence —probó de nuevo, subiendo un tanto la voz y tocando al anciano en un hombro—. Sir Laurence, ¿le pasa algo? —Oppenheim sacudió a la delgada figura.

Esbozando una sonrisilla, Larry abrió los ojos.

—Hola —carraspeó—. ¿Qué sucede, Clarence?

—¿Se encuentra bien, señor?

—Naturalmente. ¿Por qué lo pregunta?

—Porque... —Oppenheim retiró la mano.

—Estaba dando una cabezadita. —Larry se rio—. Y eso se debe a que desde ayer la señorita Pyke no se pasea por mi despacho como un regimiento entero de dragones. Aquí arriba hay un silencio inaudito. —Vio la carpeta en la mano de Oppenheim—. ¿Qué tiene ahí?

—Novedades, señor.

—Novedades desagradables, supongo.

—A decir verdad, son gratas.

Larry abrió la carpeta y, tras leer la primera hoja y después la segunda, la cerró.

—Entonces ¿no hay veneno? —preguntó con estoicismo.

—Al menos no se ha descubierto rastro de ninguno. —Oppenheim asintió—. Ni en el té ni en el servicio de té.

Larry se recostó en el asiento.

—Muy buenas noticias, sí, sobre todo para la señorita Pyke.

—¿Se puede decir eso de manera terminante, señor? El asunto de las horas en las que no se pudo dar con ella todavía no se ha aclarado. He pensado que vigilaré a la señorita Pyke durante un tiempo.

—No hará usted tal cosa, Clarence. Me alegro de que Dorothy no haya tenido nada que ver con el incidente. —Se apoyó en los brazos del asiento y se levantó—. Deberíamos comunicarle la buena nueva de inmediato. Lo haré yo mismo.

—¿No sería mejor que hablase yo con la señorita Pyke?

—Ha realizado usted un trabajo excelente, Clarence. Déjelo ahora en mis manos.

Larry fue hacia el mueble bar y se sirvió un brandi.

—No debería usted beber, señor.

—Naturalmente que no, pero hay algo que celebrar. —Contempló el líquido ambarino en la copa—. Brindo por eso: ahora sé que mi corazón flaqueó por su cuenta y que nadie intentó echarle una mano. —Levantó la copa hacia Oppenheim—. ¿Le apetece a usted uno?

—No, gracias, señor.

Larry se lo bebió de un trago.

—¿Qué hora es?

—Poco más de las ocho.

—¿Tan pronto? Pues podría bajar a dar una vueltecita por el hotel.

—¿No le mandaron que guardara reposo?

—Ya ha visto usted lo que ocurre cuando reposo demasiado, que me quedo dormido en el escritorio. —Larry dejó la copa en el mueble—. Quiero cambiarme de ropa.

—¿Desea que lo ayude?

El voluminoso Oppenheim dio un paso hacia él.

Larry escudriñó a la mole de hierro fundido.

—De un tiempo a esta parte a mis empleados les ha dado por tratarme como si fuese un anciano. Gracias —añadió amablemente—. Todavía puedo ponerme el frac yo solo.

—Si desea llamar por teléfono a la señorita Pyke, señor, la he visto antes en Administración.

—Prefiero darle la noticia en persona. Y después brindaremos por su inocencia.

Larry entró en la habitación y cerró la puerta corredera.

El patio de luces era tan estrecho que apenas cumplía su función: que entrase un poco de luz natural. Violet asomó medio cuerpo por la ventana. Sólo cada dos plantas había una ventana que daba al patio. Abajo del todo, Violet descubrió una puerta y, pegado a ella, un hombre con las extremidades dispuestas en ángulos antinaturales. Estaba boca abajo, pero con la cabeza vuelta hacia atrás, como si mirase hacia arriba.

—¿Quién es? —Enderezó el cuerpo—. ¿Quién ocupa la trescientos siete?

—El señor Brandeis —musitó Rachel, que estaba de cuclillas en el suelo, apoyada en la pared, con el maquillaje emborronado.

—¿Brandeis? —Violet tardó un instante en acordarse.

Música indolente, velas, ella misma en un estado de indecisión motivado por el agotamiento, las tres de la madrugada en el Salón Nightingale, la duquesa... y el señor Brandeis. Allí abajo había un hombre que se había alojado en el Savoy durante su luna de miel.

—¿Lo conocía? —preguntó Violet.

—Le tomé un dictado.

Durante todo ese rato, John se había quedado inmóvil en un rincón de la estancia.

—John, ven a sentarte. —Violet dio unos golpecitos en la cama.

—No puedo.

—¿Por qué?

—Estoy sujetando la puerta. Si no lo hago, se caerá.

Aunque era inapropiado, Violet no pudo evitar reírse.

—¿Has echado la puerta abajo?

—De una patada.

Violet arrimó a la puerta un sillón pesado para impedir que se fuera al suelo.

—Siéntate. Y empieza por el principio, John.

Éste se acomodó en la cama y comenzó a hablar. En la habitación 324 se había producido un cortocircuito,

John fue a revisar la caja de distribución que había en el extremo del pasillo y cambió un fusible. Cuando se dirigía hacia el ascensor pasó por delante de la 307 y oyó gritos. Se detuvo.

—He llamado a la puerta —adujo—. Después, los gritos se han convertido en un sonido sofocado. Y he vuelto a llamar. Alguien ha asegurado que no pasaba nada. Yo he preguntado si sucedía algo. Y han contestado que la mujer había bebido demasiado. Yo quería saber si podía ayudarlos. Pero me han respondido que no hacía falta. Así que he seguido andando. Sin embargo, cuando me había alejado un poco, los gritos han vuelto, y esa vez he entendido «socorro», alto y claro: «socorro».

—¿Ha sido usted? —Violet se acercó a Rachel—. ¿Qué le estaba haciendo el señor Brandeis?

—Nada especial —replicó la estenotipista, bajando la mirada.

—Vamos, Rachel, ahí abajo hay un hombre que está muerto. Usted ha gritado pidiendo socorro. No es normal que alguien pida ayuda mientras toma un dictado. ¿Qué le ha hecho el señor Brandeis?

En lugar de contestar, la estenotipista se abrazó una rodilla.

Violet probó de otra forma.

—Lo que hace usted no es de mi incumbencia, señorita Rachel. Sé que es una secretaria excelente. Y tampoco quiero saber lo que ha pasado por usted, sino por John. No creo que tarden mucho en encontrar al señor Brandeis, y cuando eso ocurra, tendremos a la policía en el hotel. —Violet se arrodilló delante de Rachel—. ¿De verdad estaba únicamente tomando un dictado?

Los grandes ojos de la secretaria se alzaron.

—¿Estaba manteniendo relaciones sexuales con el señor Brandeis?

—Hoy no.

La franqueza de Rachel dejó sin habla un instante a Violet.

—¿Significa eso que ya lo conocía?

Rachel asintió.

—¿No era la primera vez que se alojaba en el Savoy? Y, durante sus visitas, ¿mantenía usted relaciones sexuales con él?

—No, sólo ayer.

De pronto, a Violet le vino a la memoria la tercera planta, el largo pasillo: el día anterior, por la tarde, se había cruzado con ella, cuando llevaba una carpeta bajo el brazo. Llamó a la puerta de la 307.

—Pero ayer, al parecer, no sucedió nada de particular, nada que la obligase a usted a gritar, ¿no es así?

—Exacto. El señor Brandeis se mostró cortés. Olía bien.

—Y quería volver a verla hoy, ¿no?

Rachel asintió.

—¿Qué había hoy de distinto?

—Su estado de ánimo. Él. Todo era distinto. El señor Brandeis estaba irritado, de mal humor, había bebido coñac. Le he preguntado si quería que me fuese, y me ha dicho que me desnudara.

Violet echó un vistazo a la habitación.

—Creía que el señor Brandeis estaba de luna de miel.

—¿Cómo sabes eso? —quiso saber John.

Sin responder a su pregunta, Violet se limitó a levantarse y a abrir el armario: allí sólo había una maletita marrón, a todas luces no se trataba del equipaje de una pareja de recién casados.

—¿No le mencionó el señor Brandeis lo de su luna de miel?

—Desde luego que no —contestó la secretaria.

—Y ¿qué quería hoy de usted?

—No quería que me acostara con él. Sólo quería que hiciera... que le hiciera sólo... esto.

Violet observó a aquella mujer menuda, que estaba acuclillada en el suelo.

—¿Con la boca?

—Sí, con la boca.

—¿Y después?

—Me da vergüenza —musitó—. Delante de él. —Señaló a John con la cabeza.

—Podrá soportarlo —replicó Violet—. ¿La estaba asfixiando el señor Brandeis?

—No. Bueno... Sí. Me ha introducido el...

—¿El pene?

—Sí, me lo ha introducido... —Rachel hizo un gesto a modo de indicación.

—Hasta que usted no podía respirar, ¿no?

—Sí.

—¿Y después?

—Era como si se hubiese olvidado de mí por completo. Gemía y sudaba y no paraba. He estado a punto de...

Una única lágrima le corrió por la mejilla. «Muy efectista, justo en el momento adecuado», pensó Violet, y luego reflexionó: ¿tan insensible se había vuelto desde que trabajaba en el teatro que sólo juzgaba las emociones humanas por su dramatismo y su efectismo?

—Lo siento, Rachel, ha debido de ser desagradable para usted. Y después ha gritado, ¿no?

—Lo he intentado.

—Y tú lo has oído, ¿no es así?

John asintió.

—¿Y luego?

—Esa vez no he llamado —dijo, tras deslizarse hasta el borde de la cama.

—Sino que...

John señaló la puerta sin añadir palabra.

—Es una puerta maciza. ¿Cómo la has echado abajo?

—La cerradura es robusta, el punto débil son las bisagras. La he echado abajo de una patada —fue su profesional respuesta—. Y de inmediato he visto lo que pasaba.

—Y ¿has tirado por la ventana al señor Brandeis sin más ni más? —preguntó Violet sin dar crédito.

—Primero lo he apartado de la señorita Rachel. Al principio no se defendía, sólo ha intentado abrocharse el pantalón. Después se ha abalanzado sobre mí.

—John se acercó a la mesita con las flores que había delante de la ventana—. Lo he parado con un golpe, así, mira. Se ha tambaleado hacia atrás y ha tropezado con la mesa. Ha perdido el equilibrio. Todo ha sucedido muy deprisa.

—¿Tanto como para que no lo pudieras sujetar? —preguntó Violet con escepticismo—. ¿Estás seguro, entonces, de que no lo has empujado tú?

—No, no lo ha empujado —terció Rachel—. Ha ocurrido exactamente como ha dicho John. Ese hombre ha tropezado y se ha caído. Yo puedo dar fe.

—¿No deberíamos informar a sir Laurence? —preguntó John.

Violet los observó a ambos, observó el estado en que se encontraba la habitación.

—Larry está enfermo. Es mejor que no lo importunemos por el momento.

El teléfono sonó, y los tres se miraron. Sonó por segunda vez.

—¿Solicitó sus servicios el señor Brandeis a través de la centralita? —quiso saber Violet.

—Ayer sí, pero hoy no.

—¿Por qué no?

—Porque ayer ya quedamos para hoy.

El teléfono sonó por tercera vez.

—De manera que no puede ser la centralita. ¿Quién más sabe que está usted aquí?

—Nadie, salvo ustedes dos.

—¿No la ha visto entrar nadie?

—No. Estoy segura.

Violet cogió el teléfono. Se llevó el dedo índice a la boca, y John y la secretaria guardaron silencio. Violet permaneció a la escucha. Esperaba oír una voz de mujer.

—¿Hola? Hola, ¿Brandeis? ¿Es usted? —preguntó un hombre.

Pasado un segundo, la llamada se interrumpió. El hombre había colgado.

7
Olor a mantequilla y cebolla

La señorita Pyke entregó a sir Laurence su carta de renuncia. Después de que él le transmitiera la feliz noticia de que las sospechas que abrigaban contra ella se habían desvanecido y la invitase a tomar una copa con él a modo de gesto de reconciliación, ella dijo que no podía seguir trabajando en el Savoy. Fue tal la sorpresa de Larry que se quedó mirando el papel como si estuviese escrito en arameo.

—¿Por qué quiere dimitir, Dorothy? No tiene ningún sentido.

—Lo único que hago es adelantarme a usted —repuso ella—. A tenor de lo sucedido, lo lógico es que me despida.

Estaba impecable, como siempre, con un traje azul marino y una sobria blusa blanca, el peinado tan preciso que era como si hubiese colocado en su sitio cada uno de los cabellos.

—¿Es que no me ha oído? Nuestras sospechas eran infundadas.

—Pese a todo, nuestra confianza se ha visto menoscabada.

—Al contrario, a causa de este incidente nuestra confianza ha salido reforzada. Me he enfundado en este frac para hacer las paces con usted.

—Pero yo no puedo hacerlas con usted.

La señorita Pyke y Larry estaban en el vestíbulo, el uno frente al otro. Ambos hablaban en voz baja, ambos tenían una expresión alegre en el rostro. Los huéspedes no tenían por qué saber nada del conflicto.

El semblante de ella se entristeció.

—Para mí usted era como de la familia, sir Laurence, ¿acaso no lo sabe? Me habría tirado al tren por usted. A decir verdad, habría hecho cualquier cosa por usted y por el hotel.

—Y lo sé, claro que lo sé, Dorothy. —Le puso una mano en el antebrazo—. ¿Es que no entiende que este asunto también me ha afectado a mí?

—¿Cómo pudo pensar ni tan siquiera un segundo que yo sería capaz de hacerle algo así? ¿Por qué lanzó a su gorila contra mí? —Se zafó de su mano.

—¿Oppenheim? —repuso Larry sorprendido—. Creo que Oppenheim se ha comportado con absoluta corrección en este asunto.

—Oppenheim es un matón ignorante —espetó ella—. Un boxeador profesional trajeado, un don nadie. Y yo no permito que un don nadie me trate así.

—¿Qué quiere usted de mí, Dorothy? ¿Quiere que me ponga de rodillas?

—No, sir Laurence, quiero que me deje marchar.

La parte ofendida de Larry estaba a punto de satisfacer el deseo de la señorita Pyke. La otra, en la que se dejaban sentir la experiencia y la bondad, le aconsejaba que le pidiera disculpas formalmente en presencia del personal. Daba la impresión de que era la única manera de recuperar su confianza. Por desgracia, en ese momento Larry se vio obligado a estrecharles la mano a dos diputados que lo saludaron.

Además, hubo otra cosa que captó su atención. En ese preciso instante salía del ascensor lady Edith, seguida de su dama de compañía. El equipaje que sacaban del ascensor de al lado era de ella. La pequeña comitiva de la duquesa, además de dos sirvientes y el jefe de mayordomos, se dirigía hacia la salida.

—¿Ya se marcha, milady? —Larry hizo una reverencia—. ¿No iba a quedarse dos días más?

—Ha surgido algo. —Le dedicó una mirada extraña con los ojos ligeramente caídos.

—No me gustaría pensar que ha echado en falta alguna comodidad; ¿es así?

—Oh, no. Al Savoy, como de costumbre, no se le puede poner una sola pega, sir Laurence —dijo, y con una sonrisa de despedida siguió andando.

Cuando Larry se dio la vuelta, Dorothy ya no estaba. Creyó verla dirigiéndose hacia la oficina de personal, pero un grupo de huéspedes que acababa de llegar le tapaba la vista. Alguien como sir Laurence no se podía permitir salir corriendo detrás de su secretaria por el vestíbulo. Pero ahora que lo pensaba, ¿por qué no? ¿Por qué no mandaba a paseo la etiqueta? La señorita Pyke era la mejor, la asistente perfecta y la persona adecuada para tener cerca a diario. Adoraba su paso enérgico, su peinado sobrio, el té que le preparaba, siempre algo flojo, porque se preocupaba por su corazón. ¿Cómo se le había ocurrido acusarla? ¿Por qué la había dejado marchar? ¿Por qué demonios no la había retenido?

—¿Señor?

Si en ese momento había alguien en particular a quien Larry no quería ver era el detective del hotel. Con largas zancadas, Oppenheim fue a su encuentro.

—¿Qué pasa ahora, Clarence?

—Debe verlo usted mismo, señor.

El detective se detuvo muy cerca de él, demasiado cerca; ese hombre no tenía el menor sentido de la distancia.

—Ahora mismo no quiero ver nada —respondió Larry—. ¿Se puede saber para qué lo tengo a usted, entonces?

—Es imprescindible que me acompañe a la cocina, señor.

Oppenheim incluso dio un paso más, le sacaba una cabeza a su jefe.

—¿Qué se me ha perdido a mí en la cocina?

—Su nieta lo está esperando.

—¿Vi está en el hotel? ¿Se puede saber qué hace en la cocina?

Larry se puso en movimiento mientras hablaba.

Estaba sentada en una silla de metal, rodeada de gran parte del personal de cocina. Alrededor de Violet había cacerolas humeantes y burbujeantes, llamas de gas que centelleaban entre cromo reluciente y azulejos blancos. La envolvía el olor a mantequilla y cebolla, a clara de huevo y hierbas aromáticas, consomé y roux. Violet nunca había percibido una mezcla aromática tan desconcertante como en la cocina de un gran hotel. El maître, Dryden, que había liberado al restaurante del hotel de la mácula del particular arte culinario británico y lo había internacionalizado, le llevó en persona un aguardiente de hierbas.

—Lo he elaborado yo mismo. —El hombre, oriundo de Yorkshire y con aspecto de siciliano, sostuvo el vasito a contraluz—. Contiene el espíritu del enebro y los arándanos —añadió.

Ella cogió el aguardiente con dedos temblorosos, un gesto que había copiado a una actriz que también representaba a Shakespeare. La mano debía temblar ligeramente, no demasiado, pero sí lo bastante para que fuese preciso servirse de la otra.

—Con cuidado. —Dryden la ayudó—. Después te sentirás mejor.

—Gracias, Toby.

A casi nadie en la cocina le estaba permitido llamar al maître por su nombre de pila, pero Violet y él tenían un pasado en común. Una vez, cuando aún no sabía qué hacer con la pequeña que había acabado en su vida, el abuelo Larry la llevó a la cocina. Para Violet no era una cocina, sino un reino mágico rebosante de creatividad, un mundo febril, ingenioso, cuya quintaesencia le era servida en un plato al huésped del hotel. Violet le pidió a su abuelo que la dejara pasar más tiempo allí. Por eso, desde que cumplió diez años, además de ir a la escuela, echaba una mano bajo la supervisión del maître, Dryden, ya fuera troceando hortalizas o ayudando con los preparativos de las aves de corral. Por aquella época trabó amistad con Daisy Hackett, una muchacha de su misma edad que había ido ascendiendo desde entonces y había llegado a ser *poissonnière*. Todo lo que tenía que ver con el pescado en las cartas del Savoy era cosa de Daisy Hackett.

Ese día, Violet había ido a ver primero a su amiga de la infancia. Aprovechando un descanso de Daisy, habían salido a fumar. El camino más rápido para fumarse un pitillo de vez en cuando llevaba hasta el patio de luces, detrás de la despensa. El horripilante descubrimiento que hicieron allí era el motivo de que Violet necesitase el aguardiente.

—Buenas tardes, señor —oyó de pronto Violet por todas partes—. Sir Laurence. ¿Cómo se encuentra, sir Laurence?

El director del hotel no visitaba la cocina todos los días. Violet observó que su abuelo saludaba primero al maître, Dryden, y después al *sous-chef*, a la *pâtissière* y al *entremétier*. Se alegraba de que hubiese llegado Larry, aunque también tenía miedo, porque siempre había tenido buen olfato para los embustes. Dryden y el personal de cocina se habían tragado la historia de

Violet, a fin de cuentas tenía a Daisy por testigo. Su abuelo constituiría el obstáculo decisivo.

—¿Qué te pasa? Estás blanca como la pared. —Sir Laurence se situó ante ella vestido de frac; seguía siendo un hombre con una bella figura.

—Ha sido su nieta la que lo ha descubierto —aclaró Dryden.

—No lo entiendo. ¿Le importaría a alguien explicármelo?

Obedeciendo a un gesto del maître, acercaron una silla para Larry.

—Es terrible —dijo la *pâtissière*—. No me gustaría tener que pasar por algo así.

Sir Laurence lanzó una mirada que le decía que procedería con objetividad, pero Violet lo conocía mejor. Su abuelo tenía la capacidad de deambular por el alma de su nieta. Debía andarse con cuidado.

—¿Qué haces en el hotel, Vi?

—Quería verte.

—No suelo estar en la cocina.

—Dime, ¿cómo te encuentras?

—No es mi estado de salud lo que importa aquí. Eres tú la que está bebiendo licor de hierbas en mi cocina.

Tras dejar el vasito y, con el personal de cocina pendiente de sus palabras, Violet contó que hacía un rato Daisy y ella se habían dirigido al patio de luces, pero que no habían podido abrir la puerta. Se habían apoyado las dos en ella y habían retrocedido gritando. Había alguien tendido en el suelo. El hombre, aparentemente un huésped, estaba muerto. Ni Daisy ni Violet habían visto nunca un cadáver. Daisy había sufrido una conmoción y la habían llevado a su cuarto.

Todas las miradas se dirigieron a Larry, que guardó silencio unos segundos.

—¿Cuánto hace de eso?

—Ni quince minutos, señor —contestó el maître.

—¿Ha avisado alguien al doctor Garrisson?

Oppenheim respondió afirmativamente.

—¿Cómo es que todavía no está aquí?

—Se está ocupando de una indigestión en la cuarta planta.

—Que administre un purgante y venga de inmediato.

Oppenheim se dirigió al teléfono.

—¿Alguien sabe quién es el muerto? —quiso saber Larry—. ¿Quién es el hombre que está ahí fuera?

Los allí presentes aseguraron que no lo sabían.

—Sólo lo hemos visto un momento —explicó Violet—. Tiene los ojos abiertos y mira hacia arriba.

De pronto, Larry levantó la cabeza.

—¿No huele a algo raro? Aquí hay algo que huele...

Comenzó a olfatear.

—¡Todos a sus puestos! —exclamó el maître—. Seguid con lo que estabais haciendo.

El personal de cocina volvió a situarse ante la larga hilera de fogones y hornos. Dryden se dirigió a ellos uno por uno:

—Ethel, sustituye a Daisy. Eso hay que removerlo.

Esa carne ha estado demasiado rato ahí. Necesitamos otro rosbif. La masa ya está. Más uvas pasas.

Poco a poco la cocina volvió a estar a pleno rendimiento.

Oppenheim se abrió paso entre los cocineros, vestidos de blanco, y regresó con sir Larry.

—Garrisson viene hacia aquí. Y la policía también debería llegar en cuestión de minutos.

—Bien. —Larry escudriñaba a Violet con la cabeza ladeada—. Aun así me resulta curioso.

—¿El qué, abuelo?

—Vienes al hotel porque me quieres ver, pero en lugar de ir a verme te pierdes en la cocina y te encuentras a tu amiga. Queréis fumaros un cigarrillo en el patio de las palomas y, precisamente hoy, ahí fuera hay un cadáver. Y ¿no es más que pura casualidad?

—¿Qué otra cosa quieres que sea? —preguntó ella, atemorizada—. ¿Es que no me crees?

—Sí, claro que te creo. Cualquier otra cosa sería demasiado descabellada. —Larry se puso de pie con aire pensativo—. Y ahora lléveme a ver al muerto, Clarence.

—¿Lo quiere usted ver, personalmente? —El detective se interpuso en el camino de su jefe.

—Fuera quien fuese el hombre que está en ese patio, era un huésped de mi hotel —adujo Larry—. Quizá lo conozca. Debo verlo.

—Por aquí, señor.

—Voy contigo.

Violet también se levantó.

—Creo que no es algo que deba usted ver, señorita —probó Oppenheim de nuevo.

—Déjela, Clarence. —Larry esperó a su nieta—. Y dices que no sabes quién es este hombre, ¿no, Vi?

—Claro que no.

La mentira, otra vez la mentira. Sin embargo, esa vez Violet mentía por amor a John, que no podía verse involucrado en un asunto como ése. Sin mirar a Larry, siguió a Oppenheim por la despensa.

La puerta del patio estaba abierta, y se oía un sonido inusitado. Larry y Violet se detuvieron en el umbral. Una paloma se había posado en el hombro del muerto y lanzaba arrullos vehementes. Dentro de lo que cabía, la estampa inspiraba cierta paz.

—Conocía al señor Brandeis.

—¿De qué? —Violet estaba sentada en la butaca azul marino.

—Afirmaba ser tabacalero, pero en realidad era una suerte de intermediario —contó Larry tras el biombo.

—¿Qué quieres decir con eso?

—Procuraba a las personas que solicitaban sus servicios lo que querían —contestó desde el otro lado de los bordados de seda.

En el biombo se veía una oruga japonesa que subía por un junco.

—¿Por ejemplo...?

—Información.

Larry salió de detrás. Con su pijama color crema parecía un pierrot envejecido.

Violet fue a ayudar a Larry a meterse en la cama, pero él se lo impidió con un gesto.

—¿Qué clase de información proporcionaba?

—La clase de información por la que la gente paga.

Larry retiró la sábana y metió despacio las largas piernas en la cama.

A Violet le llamó la atención lo frágil y achacoso que estaba su abuelo.

—¿Cómo sabes todas esas cosas de él?

—Por Oppenheim, claro está. —Sonrió satisfecho—. Clarence descubre esas cosas en menos que canta un gallo. —Larry se colocó una segunda almohada detrás de la cabeza—. No sé por qué estoy tan cansado de pronto.

Soltando un suspiro, hizo visera con las manos para protegerse los ojos.

—Escucha, no pasa nada por estar cansado. Lo cierto es que estás exhausto.

Violet apagó la luz del techo. ¿Y si llamaba más tarde a Max? Por teléfono se había mostrado muy desilusionado. Violet sentía haberle dado plantón. Pero primero tenía que ir a ver a John para tranquilizarlo, contarle que hasta el momento la policía no parecía albergar ninguna duda sobre la funesta caída por la ventana del señor Brandeis. A nadie se le había ocurrido comprobar los goznes de la puerta de la habitación. Mientras en la cocina reinaba una agitación generalizada, John había reparado la puerta. La señorita Rachel había vuelto al trabajo hacía rato.

—¿Estaba casado el señor Brandeis? —Violet aún tenía la mano en el interruptor de la luz—. Me refiero a si habría que avisar a su familia.

En la penumbra, Larry levantó la cabeza.

—Ese hombre no tenía mujer, ni tampoco familia. Se servía de su libertad para hacer lo que hacía.

—Entiendo.

Pero Violet seguía sin entenderlo. ¿Por qué un tabacalero decía que estaba de luna de miel cuando no era cierto? ¿Por qué viajaba prácticamente sin equipaje? ¿Por qué pidió que una prostituta ocasional acudiera a su habitación si se suponía que estaba esperando a su esposa? ¿Por qué maltrató a la pobre señorita Rachel? Y ¿por qué ese hombre se reunió a altas horas de la madrugada en un bar con la duquesa de Londonderry? Podía tratarse de una casualidad, pero la forma en que habían conversado llamaba demasiado la atención.

—Puede que tengas razón —farfulló Larry, ya medio dormido—. Pediré a Dorothy que envíe un telegrama para expresar nuestras condolencias a la familia del señor Brandeis. —Exhaló un suspiro—. Maldición, pero si Dorothy me ha...

—¿Qué ha hecho Dorothy?

Violet se acercó a la cama de Larry y se dio cuenta de que se había quedado dormido del todo. Le acarició con ternura la mejilla y salió de la habitación de su abuelo siguiendo la cenefa de piñas.

8
La sospecha

Otto no había hecho nada malo, pero sí había hecho algo. No quería que le echaran la culpa por un asunto inofensivo que, debido a la muerte del señor Brandeis, había dejado de serlo. La noche anterior, Otto había estado pensando qué podía hacer al respecto; ese día estaba sentado en una antesala revestida de madera, fumando. Contemplaba la cajetilla de Roth-Händle que tenía en la mano. Se la había regalado el señor Brandeis.

La primera vez que habían coincidido, el señor Brandeis se había percatado de que Otto se fijaba en la marca alemana de cigarrillos. «Cuidado, muchacho, que son fuertes», le advirtió Brandeis, y le lanzó el paquete, que prácticamente estaba lleno. Otto se encendió un cigarrillo e intentó disimular, en vano, el mareo que le había producido rápidamente el tabaco. Durante el descanso de Otto, estuvieron juntos asomados a la ventana. Brandeis le contó que Alemania era el mayor importador de tabaco del mundo, cosa que Otto apenas se podía creer. «Importamos cien mil toneladas al año —afirmó—. Sobre todo de Turquía.» Cuando se hubieron fumado el cigarrillo, el hombre le preguntó algo curioso: «Tú eres el que sube y baja al director de vuestro hotel, ¿no es así?». Otto contestó con orgullo que, en efecto, sir Laurence solía utilizar su ascensor. «Pues dime, ¿qué clase de persona es Laurence Wilder?»

Aunque su descanso ya había terminado, Otto le facilitó con gusto información sobre el rey del Savoy. Le contó lo que sabía y también algunas de las cosas que se decían de él. Que su jornada se desarrollaba siguiendo un horario preciso y que la señorita Pyke velaba por el cumplimiento de esos tiempos. Que sir Laurence conocía en persona a casi todos los huéspedes prominentes del establecimiento, incluido al primer ministro, y que nadie se podía imaginar qué sería del Savoy el día que sir Larry faltara. Después, el señor Brandeis dio a Otto una propina generosa. Desde entonces siempre se subía a su ascensor.

—¿Otto Stichler? —La dama que entró en la antesala lo arrancó de sus pensamientos.

El ascensorista apagó el cigarrillo.

—Soy yo.

—Acompáñeme. Pero le advierto que el señor Wilder no le podrá dedicar mucho tiempo.

—Gracias, no tardaré demasiado. —Se alisó la chaqueta del uniforme.

Desde que se había difundido la noticia de la enfermedad de sir Laurence, en el hotel todo el mundo decía que no se le debía molestar. Pero Otto no estaba seguro de si tenía mucho sentido acudir al segundo de a bordo. Por otro lado no le apetecía revelar al señor Sykes lo que tenía que decir. El jefe de mayordomos le parecía tan severo que lo veía capaz de echarlo por esa ridícula indiscreción.

El Joven Henry tenía su despacho al final del ala de Administración. El personal se reía a sus espaldas de que jugara a ser el director del hotel. Había que pasarle a diario la lista de huéspedes, llamaba a la señora Drake para asignarle cometidos, se inmiscuía en cuestiones del Departamento de Personal y asistía a entrevistas de trabajo. Pero como esa dirección en la sombra contaba con la aprobación de sir Laurence, los empleados aceptaban sus actividades.

—¿Adónde vas?

—A ver al Joven Henry.

—¿Para qué?

—Para perder el tiempo.

Ése era uno de los chascarrillos del Savoy.

Sin embargo, Otto quería desahogarse. Si ponía en conocimiento del Joven Henry ciertas consideraciones, casi sería como informar oficialmente de ellas. Después nadie podría reprocharle nada. Otto se quitó el gorrito y entró en el despacho. Henry Wilder lo esperaba. Tras el enorme escritorio, el pálido príncipe heredero del Savoy parecía estar completamente perdido.

Violet estaba sentada en la cama de Max. No se había acostado con él, por lo menos de eso estaba prácticamente segura.

Max se negó a aceptar sus disculpas cuando lo llamó por teléfono e insistió en que se vieran. Violet fue a su casa justo después de dejar a John. Un viaje entre dos mundos. Cuando la policía aún se encontraba en el hotel, John le dijo que quería entregarse y confesarlo todo. Que mentir no era lo suyo y que, además, seguro que la policía descubría los daños en la puerta de la habitación 307. Poco antes de medianoche, Violet logró convencerlo de que esperase al menos hasta que Oppenheim tuviese delante los resultados de sus indagaciones. John le preguntó si quería quedarse a dormir con él, y ella volvió a contarle una mentira.

A pesar de los remordimientos de conciencia que tenía, se subió a un taxi delante del hotel y fue a ver a Max. Max Hammersmith vivía en Regent's Park, una dirección noble y práctica al mismo tiempo, ya que la BBC quedaba a escasas calles de distancia. Violet dejó que le quitara la gabardina, le sirviera una copa, la llevara al sofá y la besara. Dijo que sentía haber estropeado la velada. Max sólo la escuchaba a medias, mientras le recorría el cuello a besos.

—Espera. Hay algo que debo contarte. Vengo de estar con mi novio.

Él levantó la cabeza, se recostó en el sofá y esperó a oír la explicación de Violet. Le dijo que estaba harta de contarle medias verdades mezquinas. Al ser escritora, se veía obligada a mentir profesionalmente, por así decirlo, pero en lo personal debía dejar de hacerlo.

—¿Lo amas? —preguntó Max después de que ella le hablara de John y de la fuerte atracción que sentía por él.

También le dijo que sabía que la relación con John no tenía futuro y le habló de la fascinación que Max ejercía en ella. Pero que al mismo tiempo la frenaba la inseguridad que le producía no saber si podía admirarlo como jefe y a la vez encontrarlo atractivo como hombre. Tras todas las mentiras que había contado recientemente, a Violet le dio la impresión de que la verdad era un comienzo nuevo y purificador, por eso sólo pudo dar una respuesta a la pregunta de Max:

—Sí, quiero a John.

—Bueno, en ese caso... —Se levantó y se sirvió un whisky escocés—. En ese caso, no hay nada que hacer.

—Pero yo quiero hacer algo —objetó ella—. Para mí eres una persona especial, maravillosa, ¿sabes?

—Auuuuuu. —Max torció el gesto como si hubiese mordido un limón—. Probablemente eso sea lo peor que se le puede decir a un hombre enamorado. No quiero ser una persona maravillosa, Vi, y, dicho sea de paso, no lo soy. No soy ningún Pigmalión capaz de convertir a una escritora con talento en una escritora brillante, con el efecto secundario de que ella crea que está enamorada de él.

—No quería decir eso.

—Me temo que eso es exactamente lo que querías

decir, porque tu corazón está en el desván con ese fontanero tuyo.

—John es mecánico —corrigió, sin saber qué hacer. Luego se acercó a él y le apoyó la cabeza en el hombro sin decir palabra. Max se quedó así, sin hacer nada durante un rato, en aquella situación tan singular. Al final, sumido en sus pensamientos, empezó a acariciarle la nuca.

—¿Tienes hambre?

—Sólo estoy agotada. Últimamente se me hace así de tarde cada noche, y luego te extraña que mis textos no sean buenos.

—Pues yo tengo hambre.

Ayudó a Violet, ya medio adormilada, a levantarse y la llevó a la cocina. No fue consciente de lo hambrienta que estaba en realidad hasta que percibió el olor a beicon y huevo, y se comió su parte en un abrir y cerrar de ojos.

—Si te propongo que te quedes a dormir, ¿te parecerá indecente? —Rebañó con pan la yema de huevo que quedaba.

—Pues claro.

—Es que esto es tan agradable...

—Max, está claro lo que pasaría si me quedara.

—No me conoces. Te prometo que hasta aquí hemos llegado y nada más, lo digo de verdad.

—No, Max, no.

—¿Para qué te vas a ir ahora a casa? —Le cogió la mano—. Párate a pensarlo, Vi. No me puedes dar plantón para cenar, después confesarme que quieres a otro hombre y luego ni siquiera dejar que te acune hasta que te duermas, y todo la misma noche.

Violet estaba sentada en la cama de Max Hammersmith. El nuevo día se colaba alegremente en el dormitorio. Max había cumplido su palabra: estuvieron riendo y hablando, abrazados, y cuando la vela se apagó, siguieron charlando en voz baja a oscuras. Después la ayudó a desvestirse, y Violet se quedó dormida con el calor de sus brazos en el pecho.

Sin embargo, ahora sus brazos ya no estaban, Max ya se había ido a la redacción. Violet se quedó mirando el vestido que llevaba la noche anterior, colgado en el respaldo de una silla. Así no se podía presentar en el trabajo. Primero quería ir a casa a cambiarse. Al cabo de una hora empezarían los ensayos en el Sadler's Wells.

9
Kamarowski

Se produjo una confusión. El señor Lilienthal y el señor Kamarowski salieron de París, de la Gare du Nord, en el mismo tren nocturno, cruzaron el canal de la Mancha en transbordador y llegaron a Dover al alba. Los coches cama, únicamente de primera clase, eran más pequeños que los de la compañía francesa, ya que debían adaptarse al ancho de vía británico, que era menor. El tren llevaba un furgón y un vagón restaurante y llegó a Londres, a la estación Victoria, a mediodía. Viktor Kamarowski y Emil Lilienthal tomaron distintos taxis y llegaron al Savoy con pocos minutos de diferencia, sin que hubiesen coincidido en ningún momento durante el viaje.

Al parecer, ambos caballeros habían reservado la misma suite, un error desagradable y que por desgracia no se podía subsanar, ya que el hotel estaba lleno. El señor Sykes expresó sus disculpas de manera florida y conforme a la verdad, y les ofreció que uno de los dos se alojara en un hotel cercano a expensas del Savoy. Tanto Lilienthal como Kamarowski rehusaron el ofrecimiento.

—Señores, ¿quién iba a imaginar que pudiera suceder algo así? —El señor Sykes hojeaba el gran libro de registro.

—Es la primera vez que me pasa que un hotel está completamente lleno. Siempre hay un sitio en alguna parte. —Emil Lilienthal tenía el aspecto jovial de una musaraña que había echado carnes en una vida de éxito y prosperidad. A pesar del buen tiempo que hacía, llevaba un abrigo de lana color beis y un bombín en la cabeza y, rebosante de confianza, hizo un guiño al jefe de mayordomos—. Deberían hacer un esfuerzo, teniendo en cuenta que soy cliente habitual —añadió.

—No sabe cuánto lo siento, pero ni siquiera habría libre una habitación individual para usted, señor Lilienthal. —Sykes dejó traslucir todo su pesar en la frase.

Con una impasibilidad displicente, Lilienthal se dirigió a Kamarowski:

—El caso es que se me prometió la suite Meridian.

—Se la cedería a usted con gusto —repuso el aludido— de no haberme sido garantizada telegráficamente la misma suite Meridian.

El rostro de Viktor Kamarowski estaba marcado por el placer: demasiada carne roja, demasiado plan blanco, demasiados deseos satisfechos. La barba le enmarcaba la boca y el mentón, y daba la impresión de que no se la recortaba desde hacía tiempo. El gris que la salpicaba era indicativo de su edad, si bien el cabello, que se había peinado hacia atrás de cualquier manera, seguía siendo abundante y negro. Kamarowski lucía un traje negro con chaleco y unos gemelos con unos minúsculos diamantes.

—Y bien, ¿qué sugiere que hagamos? —preguntó Lilienthal, dado que no esperaba que el señor Sykes fuera a resolver el problema.

—Insisto en que tengo una reserva —repuso Kamarowski, no con hostilidad, ni con arrogancia, sino como alguien que estaba acostumbrado a ganar siempre.

Cuando Lilienthal sonreía, su rostro de musaraña reflejaba sabiduría.

—¿Le parece a usted juicioso?

—Naturalmente. —La mirada de Kamarowski seguía siendo inflexible—. Confío en que no le importe desistir de su empeño.

—Por desgracia no me veo con fuerzas para renunciar a mi suite —repuso, risueño, Lilienthal—. Estoy cansado debido al viaje y ahora mismo es... —Se sacó el reloj de bolsillo—. Es la hora de mi siesta.

Volviéndose hacia Sykes, Kamarowski dijo:

—Pida que suban mi equipaje, por favor.

—Caballeros, se lo ruego —empezó el señor Sykes, que cogió la llave de la suite Meridian y se unió a ambos hombres al otro lado del mostrador de recepción—. ¿Les importaría acompañarme al Salón Kensington? Allí podremos hablar tranquilamente. —Señaló a algunos huéspedes que seguían con curiosidad la desavenencia.

—Gracias, pero prefiero ir a mi suite. —Lilienthal sonrió—. Acompañe si lo desea a este caballero al Salón Kensington.

Y echó a andar hacia el ascensor.

Abandonando su equipaje, Kamarowski logró dar alcance a Lilienthal, y ambos se apresuraron hacia el ascensor número tres. El señor Sykes los siguió alarmado. Los tres entraron en la cabina de Otto.

—Segunda planta, muchacho —dijo Lilienthal.

—Yo también voy a la segunda. —Kamarowski se situó en el centro, con las piernas separadas.

—Bienvenidos al Hotel Savoy, caballeros. Segunda planta —repuso Otto conforme a lo prescrito, y cerró la reja extensible.

—¿De Algovia? —Lilienthal se quitó el bombín.

—¿Disculpe, señor? —Otto alzó la vista a su espejo.

—Pregunto si eres de Algovia, muchacho, o..., no, un momento, ¿de Baviera?

—Así es, señor —contestó Otto amable pero sin querer sonar familiar.

—¿De dónde en concreto?

—De Múnich, señor.

—¿Múnich? Hace mucho que no voy. Yo soy de Viena, por cierto. —Lilienthal le guiñó un ojo a través del espejo.

—Espero que disfrute de su estancia en Londres, señor.

—Eso aún está por ver. —Sonrió al señor Sykes.

A Otto le extrañó que el jefe de mayordomos subiera con ellos en el ascensor. No formaba parte de los cometidos del señor Sykes acompañar a su habitación a huéspedes normales y corrientes.

—Segunda planta, caballeros.

La reja extensible se abrió, y a Otto le dio la impresión de que los hombres se disponían a hacer una suerte de carrera por el pasillo.

Antes de seguirlos, Sykes susurró a Otto:

—Avisa a Oppenheim. Podría haber dificultades.

—¿No es mejor que avise a sir Laurence?

—Haz lo que te digo.

—Desde luego, señor Sykes.

En ese momento, la camarera Louise salía de la suite Meridian. Acababa de colocar flores frescas en los jarrones. Lilienthal, el más atlético de los dos, llegó primero a la habitación y tomó posesión de ella. Para reclamar su derecho sobre la estancia, se dejó caer en el sofá de brocado y abrió los brazos.

—Exactamente como la recordaba. —Suspiró, un tanto sin aliento.

Louise hizo una reverencia:

—¿Desea el señor algo en particular?

—Todo está perfectamente. —Lilienthal se metió la mano en el bolsillo del chaleco y le dio una moneda.

—Muchas gracias, señor.

La muchacha notó que entraba un segundo huésped y, perpleja, se vio frente a Kamarowski.

—¿Los caballeros comparten la suite? —preguntó Louise—. En tal caso debería vestir la otra cama. —Cuando también entró el señor Sykes, la confusión de Louise fue absoluta—. Disculpe, señor Sykes, no sabía que teníamos una doble ocupación.

—No tenemos ninguna doble ocupación —dijo Kamarowski, que se quitó la chaqueta y la dejó en la silla.

—Váyase, Louise. —Sykes se apresuró a indicarle que saliera.

—¿Qué quiere que haga, señor?

—Váyase, ande, váyase.

Louise salió y cerró la puerta.

—Caballeros, por favor. —El señor Sykes se dispuso a iniciar una nueva conversación para mediar entre ambos.

Lilienthal se levantó y echó una ojeada a la habitación y otra a la *chaise longue* de la antesala.

—Otra cama, vaya.

Dejó el sombrero en la misma silla en la que descansaba la chaqueta de Kamarowski y se acercó al hombre del chaleco negro. Gotas de sudor perlaban la frente de Kamarowski.

—Aún no me he presentado. Soy Emil Lilienthal. Tengo un salón de moda en Viena, confección de caballero principalmente, pero mi esposa intenta persuadirme para que ampliemos el negocio y vistamos también a las damas. ¿Conoce usted Viena?

Kamarowski no estaba dispuesto a aceptar el tono conciliador del judío, pero la mano se la podía estrechar.

—Kamarowski.

—¿Está usted emparentado con Boris y Perdita Kamarowski, de Breslau?

—No conozco a Boris y Perdita —repuso, sorprendido, Kamarowski.

—Dos personas sumamente encantadoras, permítame que le diga, sumamente encantadoras, sí. ¿Por qué no nos sentamos? —Lilienthal hizo una señal al jefe de mayordomos—. Mi querido amigo, tráiganos algo de beber, un buen vino. ¿Le parece a usted? —preguntó a Kamarowski.

—¿Por qué no? La verdad es que tengo sed.

—Ese viaje... —se lamentó Lilienthal—. Ese dichoso viaje siempre me cuesta por lo menos dos días, eso es lo que en realidad tardo en llegar. —Mientras Sykes salía de la suite sin hacer ruido, Lilienthal se inclinó hacia delante—. Cada vez que viajo mi digestión se resiente.

—Conozco bien Viena. —Kamarowski se desabrochó el último botón del chaleco.

10
El pinchazo

Peggy Ashcroft en el papel de Viola, Merle Oberon como Olivia y Mortimer Pryor como sir Andrew Aguecheek, el reparto de *Noche de Reyes*, de Shakespeare, no podía ser más escogido. Sin embargo, en el fondo todo el mundo, sin excepción, había ido únicamente para ver a Gielgud. John Gielgud era notable, brillante en su precisión, la variedad de onomatopeyas que empleaba no tenía parangón, y, todo y con eso, su forma de hacer teatro, a juicio de Violet, era transparente. Siempre se tenía bajo control, a él y a la compañía, siempre era el dueño de la situación y el rey del proscenio. Sin embargo, ¿acaso no debía ser la definición del arte dramático con mayúsculas que el actor se perdiera en su papel, se convirtiera en otro que resultara irreconocible al espectador? En el caso de Gielgud daba la impresión de que su arte era ligero como una pluma, como si fuese Malvolio en un momento pero en ese mismo momento también pudiera guiñar un ojo al público para decir: «Sabéis de sobra que sólo hago de él». El fenómeno Gielgud únicamente se podía explicar con el propio Gielgud. Tenía el aura de una estrella, y la gente había ido a homenajear a la estrella.

A decir verdad, la intención de Violet era ver el estreno desde una localidad de pie para hacerse una idea de cómo reaccionaba el público. Por desgracia, de la noche a la mañana la apuntadora había caído enferma, y Violet se había visto obligada a sustituirla. La localizaron a las seis de la tarde, y a las seis y media llegó al teatro acelerada y se familiarizó con el libreto del apuntador. Cuando se levantó el telón, lanzó una jaculatoria para que los actores se supieran el texto y se vio inmersa en su particular vuelo a ciegas.

Durante la violenta tempestad que abría la obra, falló la máquina que reproducía la tormenta, razón por la cual el responsable de agitar la lámina de los truenos empleó el doble de fuerza, y debido a ello prácticamente no se entendió nada de los diálogos. Gielgud se atascó varias veces en su primera salida a escena. Más nervioso que de costumbre, jugueteaba con el enorme pañuelo que llevaba en las manos. El accesorio no añadía nada al personaje de Malvolio, no era más que la deliciosa expresión de la vanidad de Gielgud. Lo extraordinario de su aspecto era la inusitada finura y la elegancia física. En el extremo opuesto estaban las manos, Gielgud tenía unas manazas de carnicero que se ponían rojas con la más mínima emoción. El hábil manejo del pañuelo tenía por objeto ocultar ese hecho.

Después de ver lo que vio Violet en su mazmorra

bajo el escenario, se podía contar con el éxito. El público languideció con la bella Viola, que, disfrazada de muchacho, no podía confesar su amor al duque. Rio con las obscenidades del beodo de sir Toby y escuchó embelesada a John Gielgud. Éste representaba al malvado digno de lástima que se dejaba engañar por los cómicos y se convertía en el hazmerreír de la idolatrada Olivia.

Violet estuvo las dos horas y media que duraba la representación en estado de máxima concentración. Varias veces tuvo que intervenir para prestar su ayuda y desempeñó su cometido de manera tan satisfactoria que Gielgud le hizo un gesto benévolo con la cabeza. Violet constató que, debido al particular ángulo visual que tenía, el apuntador se las tenía que ver, sobre todo, con el calzado, las pantorrillas y en ocasiones con el olor a pies de los actores. De ese modo, Shakespeare perdía forzosamente grandeza, bien podría haber sido una burda comedia de campesinos. Mientras escuchaba el aplauso final, Violet abandonó la concha y se dio cuenta de que estaba empapada en sudor de arriba abajo. ¿Cómo iba a encontrar con tan poco tiempo un vestido adecuado para la fiesta del estreno?

A primera hora de la tarde, sir Laurence no se encontraba muy bien, pero no se habría perdido el estreno de su nieta por nada del mundo. Dejó que lo ayudaran a ponerse el traje de etiqueta y fue en coche hasta el Sadler's Wells. Durante la representación se fue olvidando poco a poco de su malestar, y cerca del final se rio con ganas y se sumó a la salva de aplausos que el público dedicó a John Gielgud. Quería quedarse en el teatro hasta que Violet saliera al vestíbulo, para felicitarla, y a continuación se iría a la cama. Mientras esperaba, se le acercó un caballero que dijo ser huésped de su hotel.

—Tengo a un realquilado en mi suite —le contó Viktor Kamarowski, sosteniendo en alto, muy recto, el puro que se estaba fumando, puesto que no veía un cenicero por ninguna parte.

—¿De qué suite se trata? —preguntó cortésmente Larry.

—De la Meridian. Es evidente que se realizó una reserva doble.

—Algo de lo más lamentable. —Larry miró a su alrededor en busca de Violet.

—Sólo en parte —repuso, risueño, Kamarowski—. El señor Lilienthal ha resultado ser un compañero divertido. Incluso se ha mostrado dispuesto a dormir en la cama supletoria, solución con la que yo he mostrado mi conformidad temporalmente.

Las precauciones de Kamarowski no sirvieron de mucho, la ceniza cayó en la alfombra.

—Le pido disculpas por las molestias que el asunto le pueda ocasionar —replicó Larry—, pero estoy seguro de que el eficiente señor Sykes arreglará la situación deprisa. ¿Ha venido usted a Londres por trabajo o sólo para ver a Shakespeare?

—Shakespeare no me gusta especialmente. Mi intención es reunirme aquí con alguien, por trabajo, sí.

La respuesta de Kamarowski se perdió entre los gritos de júbilo de los asistentes al estreno, que aclamaban la aparición de Gielgud. Tras despedirse con una inclinación breve de cabeza, Larry aprovechó para pasar al salón de las columnas, donde habían instalado el bufet. Le extrañó que el protagonista de la velada ya se hubiese desmaquillado y cambiado de ropa mientras que la dramaturga en ciernes seguía haciéndose esperar.

—Discúlpeme —dijo una mujer poco común junto a Larry.

Poco común por su rostro casi blanco y de rasgos armoniosos que iluminaban unos ojos perfilados de negro. Tenía el cabello rubio platino y lucía un vestido rojo largo.

Larry iba a preguntarle por qué debía disculparla cuando se percató de que la mujer se tambaleaba ligeramente, a todas luces se veía que había bebido demasiado. Trastabillando, chocó contra el hombro de Larry, el bolso de mano se le cayó y se agachó para cogerlo. Justo cuando se disponía a ayudarla, sintió un pinchazo brusco en el pie. Supuso que había sido el tacón de aguja de la mujer. El dolor cesó en el acto, y Larry la cogió con cuidado del codo y la ayudó a erguirse. Fascinado con sus ojos, señaló una butaca.

—¿Se quiere sentar?

—Gracias, estoy bien. Es sólo que no he comido nada en toda la tarde. No he tenido ocasión antes del estreno y durante la función he sufrido la vergüenza de los rugidos de mi estómago.

—Creo que el bufet abrirá en breve —contestó Larry—. Siempre y cuando el discurso de agradecimiento de John Gielgud no dure mucho.

Pese a lo cansado que estaba, hizo un esfuerzo por mantenerse recto. La presencia de esa mujer lo animaba.

—Soy Laurence Wilder —se presentó.

—Buenas tardes —repuso ella, y su expresión le dio a entender que su nombre le sonaba. Le estrechó la mano—. Gemma Galloway.

Incluso a través del guante, Larry notó lo extremadamente frías que tenía las manos.

—Conque G. G. —observó risueño—. ¿La ha traído su esposo, señorita G. G.?

—No, un taxi.

Ambos se rieron y a Larry le pareció asombroso que de repente el salón de las columnas se viera bañado de una luz azul. No sólo el vestíbulo, sino también la calle tras él y el rostro de la señorita Galloway se transformaron en un paisaje amable y aterciopelado, ondulado, de tonos azulados favorecedores. No sabía explicar por qué esa sensación de ausencia que le llegaba hasta los dedos de los pies se expresaba con el color azul. Normalmente, el azul simbolizaba claridad, perspicacia, objetividad. A Larry le resultaba grato vivir en ese mundo azul; un paseo azul, pensó, una caricia azul, un panorama azul, un alivio azul oscuro. Mientras otro aplauso acompañaba las palabras de agradecimiento de John Gielgud, sir Laurence se desplomó junto a la mujer del vestido azul celeste sin que apenas nadie lo viera.

Cuando Violet llegó a la fiesta del estreno, tirándose del traje de chaqueta y pantalón que le había proporcionado una modista, estaban acomodando a sir Laurence en una camilla. Su traslado se efectuó por una puerta lateral para no interrumpir la fiesta. La mayoría de los asistentes no se había enterado de lo sucedido. Los hombres del servicio de emergencias llevaron el cuerpo inerte a la ambulancia. Violet distinguió la camilla en el último momento entre las numerosas personas que charlaban animadamente. Vio quién la ocupaba, a quién se disponían a sacar de allí delante de ella. Y, prescindiendo de toda cortesía, se abrió paso entre las damas enfundadas en vestidos de noche, y los caballeros, de chaqué, y su avance se vio frenado por los camilleros. Sólo cuando se dio a conocer como nieta de sir Laurence le permitieron subir al vehículo. La partida se llevó a cabo bajo la mirada de algunos asistentes al teatro, entre ellos una mujer cuyo vestido rojo contrastaba con su cabello rubio platino. Se encendió un cigarrillo y volvió al salón de las columnas, donde en ese instante entraban cogidas del brazo las dos actrices principales, que recibieron un nuevo aplauso. John Gielgud, que consideraba que la atención generalizada le correspondía sobre todo a él, se colocó entre ambas actrices, esperó a ver el flash de un fotógrafo y anunció que se abría el bufet.

11
El sucesor

El Joven Henry deslizó las manos por la madera de palo de rosa que enmarcaba el revestimiento de piel del escritorio. Conocía esa mesa desde que tenía uso de razón. Henry recordaba cómo había decidido su padre que subieran el macizo mueble a la última planta. Era demasiado grande para que entrara por la puerta, de modo que Laurence, que por aquel entonces aún no tenía el título de *sir*, pidió a los fuertes muchachos que solían llevar al hotel los envíos pesados que izaran la mesa por la fachada mediante un sistema de poleas para meterla por una ventana. La mesa llevaba allí cuarenta años. Los mismos que sir Laurence había sido el señor del Savoy. Los mismos que el Joven Henry llevaba sabiendo que ese día llegaría. Lo que sentía a ese respecto siempre se lo había reservado para él. Su padre estaba en el hospital St. Bartholomew's, debatiéndose entre la vida y la muerte. Los médicos no eran capaces de decir cuál había sido el detonante de ese colapso, pero, teniendo en cuenta el mal estado general de salud de Larry, el segundo ataque parecía ser consecuencia del primero.

El Joven Henry vestía de negro, si bien Judy le había aconsejado que se pusiera una corbata gris. Su atuendo debía reflejar pena y preocupación, pero no luto por una persona fallecida. Se sacó el pañuelo de la manga y escudriñó la larga hilera de personas que a partir de ese día pasarían a ser su séquito, los pilares en los que descansaba el hotel. Henry estaba al cargo de esa gente. El hotel era una criatura de numerosas caras, a la que dotaban de vida sus huéspedes e impulsaban la diligencia y la maestría de su personal. Henry no era sir Laurence, y nunca lo sería. A partir de ese momento la dirección del Savoy perdería parte de su esplendor, pero Henry se proponía ser un guía capaz para los suyos.

Su mirada recorrió los familiares rostros. El señor Sykes, el jefe de mayordomos, se encontraba en el centro, conforme a su categoría; en cierto modo, todo, a excepción de la cocina, entraba dentro de sus atribuciones. A su lado se había situado Dryden, el maître, que representaba los placeres carnales del Savoy. Aquellos hombres no se entendían especialmente bien, pero se esforzaban por no pisarse el uno al otro. La señora Drake, más alta que ellos, constituía el tercer miembro de la alianza. La gobernanta ejercía un control férreo sobre sus camareras; bajo su supervisión no había sábanas desgastadas, ni descansos largos para fumarse un cigarrillo, ni desfachateces o libertades con los huéspedes. Lo que el señor Sykes conseguía con su veterana circunspección y el maître, Dryden, con su inspiración diaria, la señora Drake lo lograba con una severidad que ni siquiera rehuía el castigo. Más de una camarera descarada había vuelto al trabajo llorando y con la huella de los cinco dedos de la señora Drake en el rostro. El siguiente en la fila era Oppenheim. El detective del hotel conocía a todo el mundo en el establecimiento, también los secretos de cada uno, como, por ejemplo, que en sus tardes libres el señor Sykes asistía a las peleas de perros, que estaban prohibidas y en las que soltaban perros de pelea hambrientos para que atraparan ratas. El ganador era el que acertaba el número de ratas que conseguía matar un perro en tres minutos. El jefe de recepción también estaba presente; los dos apoderados; la directora del Departamento de Personal; el jardinero; Rachel, la estenotipista; el gerente del bar, e incluso Arturo Benedetti, el genio musical de la orquesta del Savoy, formaba fila. El Joven Henry se sonó la nariz y se guardó el pañuelo.

—Gracias —dijo con esa voz tan característicamente indecisa que recordaba a una trompeta a la que se hubiese acoplado una sordina—. Gracias por haber venido todos con tan poca antelación. La tarea que tenemos por delante requiere de nuestro esfuerzo común.

Mientras Judy permanecía en un discreto segundo plano, como siempre, el Joven Henry se sentó al escritorio de su padre.

—¿Ya lo ha leído?

Lilienthal dobló el *Frankfurter Zeitung* hasta reducirlo a un formato manejable. En mangas de camisa, se había puesto cómodo en el sofá rojo y de vez en cuando cogía con la mano restos de su desayuno.

—*¿Leído?* —Kamarowski pasó por delante de él.

—Mire. —Lilienthal le enseñó el editorial.

—Está en alemán. No puedo leer periódicos alemanes. —Kamarowski pretendía ir a la habitación.

—¿De veras? —Sonriendo satisfecho, Lilienthal se retorcía el nacimiento del pelo—. Me dio la impresión de que podía seguir perfectamente la emisora de radio que estaba escuchando yo ayer.

Kamarowski le quitó el periódico de la mano al judío y le echó un vistazo.

—¿Qué pone?

—Citan a Ernst Thälmann.

—¿No es ese alborotador de izquierdas?

—Como si no lo supiera. —Lilienthal escrutó al hombre con el que compartía la suite—. No sé qué pensar de usted, mi querido Kamarowski. Su nombre es ruso, pero habla usted inglés sin el menor acento. Lleva trajes a medida alemanes, guantes cosidos a mano de una casa vienesa y, por lo que he visto, ropa interior húngara. Discúlpeme, no es curiosidad, sino la mirada profesional del que tiene una tienda de moda de caballero.

Kamarowski parecía nervioso, llevaba así la mañana entera. Se paseaba arriba y abajo por el salón, inquieto, pero curiosamente accedió a entrar en el juego de adivinanzas de Lilienthal.

—Mi familia es originaria de Minsk, una familia de boticarios. En su día, mi padre se estableció en Budapest, donde regenta una droguería.

—¿En Budapest? —Lilienthal se rio—. Así que, si aún existiera nuestra antigua monarquía, ¿seríamos compatriotas?

—En cierto modo. Sin embargo dejé el Este hace años y me asenté a orillas del lago de Como.

—¿En el lado suizo?

—En Chiasso.

Lilienthal cogió una fresa y la mordió por la mitad.

—De manera que es usted un hombre con raíces bielorrusas y sangre húngara que se permite algunos lujos en la Suiza italiana.

—Se podría decir así. —Kamarowski se sentó en la butaca de enfrente—. Dígame, ¿qué dicen de Thälmann? A fin de cuentas, ese hombre ha perdido estrepitosamente las elecciones presidenciales.

—Eso significa que está usted informado.

—Yo también leo periódicos, mi querido amigo. —Kamarowski señaló la mesa de comedor, que estaba cubierta por las enormes páginas de *The Times*.

—Lo citan palabra por palabra. —Lilienthal cogió de nuevo el diario—. «Un dedo se puede romper, pero cinco forman un puño» —leyó.

—Por el amor de Dios, no soporto a los lemas comunistas. —Kamarowski se sacó el reloj de bolsillo.

Lilienthal dejó vagar la vista por la habitación.

—Ha sido un año curioso, en líneas generales. Primero conceden a Hitler la nacionalidad alemana para que se pueda presentar a las elecciones, pero contra Hindenburg, como es natural, tenía que sufrir una derrota aplastante. —Se rio—. Un caballero apellidado Hitler quería ser el sucesor de Hindenburg. Por suerte, al final incluso prohibieron las SA y las SS. Pero ¿qué hace el nuevo gobierno? Levanta la prohibición. —Lilienthal alzó las manos hacia un cielo imaginario.

Kamarowski se puso en pie.

—¿Dígame, mi nuevo mejor amigo, no tiene intención de salir en ningún momento?

—¿Le molesto?

—Normalmente no, pero tengo una reunión dentro de nada y confiaba en poder celebrarla en la suite.

—Por supuesto. —Lilienthal se levantó con presteza y se puso la chaqueta—. Los negocios son los negocios.

—Es muy amable por su parte.

Kamarowski cogió el teléfono y pidió al servicio de habitaciones que retirasen el desayuno.

Entretanto, Lilienthal había terminado de vestirse y estaba en la puerta con el bombín en la mano.

—Por cierto, ¿hay alguna novedad? ¿Cómo están las cosas en el hotel?

—¿En el hotel? ¿A qué se refiere?

—¿Es que no lo sabe? La señorita de los periódicos, que siempre me pone al día de los últimos chismorreos, me ha confiado que el director sufrió un colapso.

—¿Sir Laurence? —Kamarowski se estiró la corbata y se abrochó el chaleco.

—Al parecer, el ataque le ha pasado factura.

—Por el amor de Dios. —Kamarowski desapareció un instante en la habitación y salió con una americana negra—. Ayer mismo crucé unas palabras con él.

—¿De veras? ¿Cuál fue la ocasión?

—Coincidimos en un estreno.

Como si ya hubiese olvidado la suerte que había corrido el director del hotel, Lilienthal dio unos pasos atrás.

—Y, dígame, ¿qué se representaba?

—Shakespeare.

—¿Y qué tal estuvo?

—Santo cielo, los ingleses creen que tienen el monopolio de ese hombre. Pero en Berlín he visto representaciones de Shakespeare mejores.

Lilienthal se puso el sombrero con aire pensativo.

—¿No ha dicho usted que no sabe alemán?

El rostro de Kamarowski se volvió anguloso, dio la impresión de que la boca le desaparecía tras la barba.

—¿Eso he dicho? —Consultó de nuevo el reloj—. Ahora, si me permite que le pida...

El semblante de Lilienthal volvió a reflejar regocijo.

—Sólo espero que no reciba usted la visita de una dama —observó al salir—. Para tales frivolidades no dejaría libre la suite.

—Descuide. —Kamarowski cerró la puerta.

Cuando no se hacía nada, cuando no se podía llevar a cabo lo más mínimo, el tiempo perdía importancia. «El tiempo», pensó Violet, y tuvo la sensación de que mientras pensaba en el tiempo, éste pasaba. Debería dormirse de una vez, pero estaba segura de que no podría. Iba arriba y abajo por el largo pasillo pintado de color gris claro, arriba y abajo. Había estado horas sentada en un duro banco, había dado una cabezada y se había despertado sintiéndose molida. Ahora debía moverse, de lo contrario el paso del tiempo le resultaría insoportable.

Le habían permitido ver a Larry un instante, se había acercado a su cama, le había cogido la mano y lo había acariciado. Violet había oído mencionar el triángulo de la muerte, esa depresión nada natural de las mejillas, de la zona que quedaba por debajo del pómulo y que llegaba hasta la mandíbula inferior. Cuando en el rostro de una persona se dibujaba ese triángulo, se decía que la muerte no se haría esperar mucho. En las mejillas de Larry se distinguía el triángulo con claridad. Cuán digno de lástima era, cuán enflaquecido estaba, cuán avejentado. Violet acercó el rostro al de él: respiraba, pero de un modo apenas perceptible.

Andar, moverse, no poder quedarse quieta, no poder entender y sin embargo poder prever lo que sucedería al cabo de unos días, quizá horas. La persona más querida, más importante de su vida se iría, sin despedirse, sin volver a hablar una última vez con ella. Después dejaría de existir.

En una ocasión, Violet aún era pequeña, Larry le

confió que había llegado a un acuerdo con la muerte. Según éste, la muerte no podría ir en busca de sir Laurence mientras estuviese aceptable vestido de etiqueta. El día anterior, Larry se había puesto el esmoquin azul marino y estaba deslumbrante. A la muerte le había dado lo mismo, la muerte había roto el acuerdo.

Violet dio media vuelta y enfiló de nuevo el pasillo gris. Cuando casi lo había recorrido por completo, la puerta batiente se abrió. Vestido con el mono de faena y una gorra de visera de cuadros, John entró y fue hacia ella. Incluso llevaba la caja de herramientas al hombro. La gente habría podido pensar que iba a revisar los grifos del hospital.

—¡John! Ay, John, cuánto me alegro de que hayas venido.

—Me acabo de enterar.

La abrazó.

—¿Qué se dice en el hotel? ¿Están los ánimos muy alterados?

Era tal el alivio que sentía al no estar sola esa noche que se pegó cariñosamente a él.

—Al contrario, todo está muy tranquilo. No te imaginas cuánto. Como si todo el mundo estuviese conmocionado.

—¿Cómo es que no te has enterado hasta ahora? —preguntó Violet.

—He estado pintando toda la noche. Así no hay quien se entere de nada.

—¿Y Henry? ¿Ya ha...? —Se interrumpió para buscar la palabra adecuada—. Me refiero a que, a fin de cuentas, alguien ha de asumir la dirección.

—Henry ha reunido a todos los departamentos. —John se quitó la gorra—. ¿Qué tal está sir Laurence?

—No muy bien.

Violet se separó de él.

—¿Saldrá de ésta?

—El doctor Hobbs dice que el corazón se le paró, y que el cerebro estuvo un tiempo sin que le llegara riego.

De pronto, Violet se tambaleó, pero se recuperó en el acto.

—Ven, siéntate. —John la condujo hasta el banco de madera—. ¿Cuánto tiempo llevas aquí?

—Toda la noche. —Se miró—. Ni siquiera sé de quién es la ropa que llevo puesta.

—¿Has comido algo?

—No puedo.

—Te he traído un sándwich —dijo John abriendo la caja.

Agotada, ella le dirigió una mirada afectuosa.

—Gracias.

—No lo he hecho yo. Daisy, de la cocina, te ha preparado algo rico.

Violet sacó el sándwich del papel.

—John...

—¿Sí?

—Tal y como están las cosas ahora, será mejor que estos días no haya ningún escándalo en el Savoy.

—¿A qué te refieres?

—Al asunto del señor Brandeis. No puedes ir a la policía, espera un poco. ¿Me prometes que lo harás?

—Pero si una cosa no tiene nada que ver con la otra...

—Se trata del hotel —objetó ella—. De nuestro Savoy. Larry ya no podrá volver a ocuparse de él.

Exhausta y confundida, Violet le dio un mordisco al sándwich. Daisy se lo había hecho de cangrejo fresco.

12
CONNAGHY, SNOWDON & KATZ

El señor Connaghy era abogado en cuerpo y alma. Abogado y también notario, árbitro en puntos litigiosos y mediador. Ese día, el señor Connaghy debía mediar en un asunto especialmente delicado. Con ello seguía un protocolo estipulado por sir Laurence. Cuando se dirigía hacia la entrada del Savoy, el señor Connaghy recordó las últimas palabras de la reunión que habían mantenido.

—Me gustaría ser una mosca en la pared cuando lleve usted a cabo su cometido, Connaghy —comentó sir Laurence.

—Lamentablemente, una cosa excluye la otra —replicó Connaghy.

—En efecto. Porque para ello tendría que ser una mosca muerta —aseveró, entre risas, sir Laurence.

El señor Connaghy se sumó a las risas por respeto, pero no con demasiada efusividad. La contención era una cualidad importante en su oficio.

—Si todo sale conforme a lo planeado, no nos volveremos a ver en esta vida. —Sir Laurence le estrechó la mano de buen humor y abandonó el bufete.

Connaghy no esperaba tener que hacer cumplir la voluntad del propietario del hotel tan deprisa. La tinta no se había secado aún, por así decirlo, cuando lo apremiaron a portar el documento en cuestión al establecimiento. El señor Connaghy llevaba tres copias en la cartera, todos ellas firmadas de puño y letra por sir Laurence.

Cuando el abogado extendió la mano para abrir, la puerta se abrió como por arte de magia. El atento portero acechaba en la luz crepuscular. Connaghy entró en aquel mundo de caoba, latón y mármol, y fue directo a recepción.

—Me gustaría ver a la señorita Violet Mason —dijo al conserje.

—No estoy seguro de que la señorita Mason se encuentre en el hotel —respondió educadamente el recepcionista.

—Me han dicho que estaría aquí.

—Hoy todavía no la he visto.

—Cuán engorroso. —El señor Connaghy agarró la cartera con ambas manos—. Voy de Herodes a Pilatos.

—¿Disculpe, señor?

—He estado en Pimlico, en el domicilio personal de la señorita Mason, y allí me han dicho que la encontraría en la sede de la BBC. Cuando he llegado a la sede de la radio me han dicho que se encontraba en el Hotel Savoy.

—Lo siento mucho, señor, yo no sé nada a ese respecto. —El recepcionista lo miró con expresión pesarosa.

—¿De qué se trata? —El señor Sykes, que había estado escuchando la conversación, se acercó al señor Connaghy e hizo una reverencia—. ¿Busca usted a la señorita Violet?

—¿Sabe dónde la puedo encontrar?

—Es posible.

—Gracias a Dios —contestó Connaghy, esperando que a continuación el jefe de mayordomos le indicara el camino, pero el señor Sykes se inclinó hacia el recepcionista.

—Llame arriba.

—¿Arriba? —repitió el aludido, un tanto duro de mollera para la paciencia del señor Sykes.

—Al aparato de Mankievicz, llame. —Se volvió hacia Connaghy con un gesto tranquilizador—. Sólo será un momento, señor.

Ambos permanecieron a la espera del resultado de la llamada con una sonrisa congelada en los labios.

—No lo cogen —afirmó el recepcionista.

El señor Sykes asintió.

—¿Es muy importante, señor?

—Es de extrema importancia.

—¿Le importaría acompañarme? —El señor Sykes señaló uno de los ascensores—. Por aquí.

El teléfono sonó por tercera vez.

—¿No lo vas a coger? —Violet no tenía ganas de hacer el más mínimo movimiento.

—Que suene —rezongó John—. ¿Qué puede ser? ¿Que el gato de un huésped haya mordisqueado un cable? Puede esperar.

—¿Qué hora será?

—Y media, supongo.

—Me tengo que ir.

—Necesitas descansar.

—Debo ir al hospital.

—Allí no puedes hacer nada.

—Quiero estar con él.

El médico jefe había mandado a casa a Violet de madrugada. Le había dicho que volviera a mediodía.

—¿Qué hora es? —preguntó de nuevo, sumida en sus pensamientos.

—Un minuto más tarde que la última vez que me lo has preguntado.

Volvieron a quedarse dormidos los dos.

Violet no oyó la primera vez que llamaron. La segunda, levantó la cabeza. A la tercera, el señor Sykes estaba en la puerta de la morada de John. Expresó su pesar por las molestias, volvió la cabeza discretamente a un lado y esperó a que Violet se pusiera la falda. Ésta le dijo a John que no se levantara y salió del desván con el jefe de mayordomos.

En la última planta, el pasillo tenía el techo bajo, el aire olía a humedad y era caliente, el sol de junio daba de plano en el tejado. Confusa, Violet se pasó la mano por el cabello. El señor Sykes iba acompañado de un caballero desconocido que dijo ser el señor Connaghy, del bufete de abogados Connaghy, Snowdon & Katz.

—¿Es usted la señorita Violet Mason? —preguntó.

—Sí.

Seguía adormilada.

—¿Podría acreditarlo, señorita Mason?

—Tengo el... —Señaló la puerta de John—. Mi bolso está dentro.

—Le aseguro a usted que ésta es la señorita Violet Mason —atestiguó el jefe de mayordomos.

—Por consiguiente, es usted la nieta de sir Laurence Wilder, ¿es así?

—Sí. —De pronto se estremeció—. ¿Le ha pasado algo? ¿Ha venido usted a comunicarme que ha fallecido?

—No. Vengo de Connaghy, Snowdon...

—Y Katz, eso ya lo sé —lo interrumpió ella—. No vuelva a enumerarme esos apellidos, dígame qué le pasa a mi abuelo.

—Sir Laurence me encargó que le hiciese entrega a usted de un documento en caso de que él dejara de ser responsable de sus actos. El hospital St. Bartholomew's me ha notificado que éste es el caso desde la noche de ayer.

Connaghy abrió la cartera, sacó una carpeta sencilla y se la entregó a Violet.

Sin abrirla, ella preguntó:

—¿Qué es esto?

—Será mejor que lo lea primero. Después podrá

consultar su contenido conmigo, si lo desea. —Violet la abrió—. Le aconsejo que estudie el documento donde nadie la moleste, señorita Mason —apuntó el señor Connaghy, mirando de soslayo al señor Sykes.

—Sí, sin duda será lo mejor. —Se volvió hacia la puerta tras la que John estaba tendido en el colchón—. En ese caso lo leeré ahí dentro. ¿Dónde podré encontrarlo después, señor...?

—Connaghy. La esperaré aquí fuera.

—¿No prefiere aguardar en nuestro salón de té? —propuso el señor Sykes—. Estará mucho más cómodo.

—Gracias, prefiero quedarme aquí.

El señor Sykes se despidió, y Violet dejó al abogado de Connaghy, Snowdon & Katz en el pasillo.

Dentro, John ya se había puesto los zapatos.

—¿Estaba muy enfadado el señor Sykes?

—¿Por qué iba a estarlo?

—Porque estoy aquí holgazaneando en lugar de trabajar.

Ella sacó el escrito de la carpeta.

—No ha dicho nada al respecto.

Violet reconoció la firma de su abuelo. No había utilizado papel de carta del hotel, sino una sobria hoja blanca sin membrete. Violet leyó las palabras que Larry había escrito con su sorprendentemente juguetona letra. Las leyó una segunda vez, y una tercera, y finalmente volvió a guardar el papel en la carpeta y la dejó en la repisa de la ventana

—¿John?

—¿Sí?

Violet no dijo nada.

—Di. ¿Qué pasa?

—Creo que Larry me ha legado el Hotel Savoy.

Ninguno de los dos habría sabido decir cuánto tiempo permanecieron en silencio en el desván. Al final, el reloj de la torre dio las dos.

Segunda parte

13

Le grand bal

Sir Laurence Wilder no legó a su nieta el hotel en su totalidad. La ley no lo habría permitido. Su hijo, Henry, recibiría un cuarenta por ciento en calidad de heredero y el sesenta por ciento restante correspondería a Violet. Sir Laurence había acogido a Violet Mason hacía ya años como miembro legítimo de la familia, y ese hecho era indiscutible desde el punto de vista legal. Ese sesenta por ciento garantizaría que Henry no pudiera imponerse a Violet en las decisiones concernientes al hotel que ésta tomara. Dicha disposición tendría validez en el caso de que Larry falleciese. Pero sir Laurence seguía vivo, y su estado no permitía dar un pronóstico preciso. Anticipándose a esa situación, también había adoptado medidas: sir Laurence confiaba la dirección del hotel a Violet, única y exclusivamente. Todo el mundo debía seguir sus indicaciones, incluido el Joven Henry. Ésa era la disposición más severa del testamento de sir Laurence.

«Dejadme en paz.» Violet cerró de un portazo.

El estrecho y sofocante despacho de la primera planta era su refugio, el único que tenía en el enorme establecimiento. Sólo habían transcurrido dos semanas, catorce días, pero el verano ejercía su soberanía con tal fuerza que parecía que estaban ya en agosto. Violet se desabrochó el botón de arriba de la blusa mientras se abanicaba con la nómina para refrescarse. Salvó los tres pasos que la separaban de la ventana y sacó la mano: fuera el bochorno era aún peor. El despacho daba a una pared gris, no le hacía falta más. Retrocedió tres pasos, en la mesa se amontonaban papeles y documentos que estaban relacionados con el hotel y necesitaban que Violet los tramitase. Sólo en el centro de la mesa emergía una isla de paz y esperanza sin la cual se habría vuelto loca. En esa isla se alzaba su bella y flamante Imperial, su escondite en la libertad, su escapatoria a la fantasía, el lugar donde en realidad quería vivir. Había trasladado allí su máquina de escribir, pues de todas formas apenas era capaz de sacar tiempo para ir a su apartamento.

Violet se sentó tras el escritorio y se quedó mirando las teclas negras con las veintiséis letras blancas con las que quería formar palabras que a su vez se convertirían en frases y darían como resultado un relato. Su mirada se deslizó por el signo de exclamación, el punto y coma, el guion; por el rodillo de caucho y la palanca de retorno de carro, que permitía pasar de una línea a la siguiente. Rodeó la querida Imperial con ambas manos.

—¿Qué será lo próximo? —preguntó a la máquina de escribir.

Violet cogió una hoja de papel en blanco del montón y la introdujo en el carro. Cómo le gustaba ese sonido..., el delicado clic del engranaje del interior. El movimiento le gustaba tanto que deslizó el papel hacia delante y hacia atrás varias veces. A continuación leyó la última página del montoncito que tenía al lado, el texto que había escrito de madrugada, cuando aún refrescaba, antes de que se le echara encima el barullo del hotel. En ese despacho que medía menos de tres metros cuadrados tenía intención de seguir trabajando en su historia, una pieza radiofónica que debía entregar a Max en el plazo de tres días.

Por nada del mundo se habría instalado Violet en el despacho de su abuelo, pues ello habría significado que asumía el cometido de Larry. Habría sido la señal visible de que ella, Violet Mason, abandonaba su propia vida para llevar otra que le era impuesta. No quería dejar en la estacada al hotel, no quería desertar, quería mostrar agradecimiento a su abuelo, sólo por ese motivo había aceptado hacerse cargo de la dirección temporalmente. *Temporalmente*: se aferraba con fuerza a esa palabra. Larry seguía en el hospital, incapaz de moverse, la mayor parte del tiempo inconsciente, no se sabía si se enteraba de algo. Aunque al parecer había sobrevivido al ataque, el doctor Hobbs le había dejado claro a Violet que el regreso de sir Laurence a la dirección del Savoy era impensable.

La única condición que había puesto Violet para

aceptar el testamento era no tener que renunciar a su empleo en la BBC. Se vería obligada a reducir la carga de trabajo y sólo podría encargarse de determinados proyectos, pero Max, el maravilloso Max, se mostró conforme.

—Te ha tocado el gordo. —Fue su reacción cuando ella le contó lo que había sucedido.

—Yo no quiero que me toque nada. —Violet estaba sentada frente a él a la mesa ovalada de la sala de reuniones, donde se convocaba a la redacción—. Soy escritora, no directora de hotel.

—Tratándose de ti no me gusta decir esto, pero a veces uno debería seguir a sus astros cuando le señalan el camino.

—Mi astro está aquí, Max, en este edificio, aquí es donde quiero vivir y trabajar —objetó ella—. El Savoy fue mi infancia, no quiero que determine toda mi vida.

—Sé razonable, Vi. No deberías dejar pasar una oportunidad así.

—¿Se puede saber qué significa eso? ¿Es que me quieres echar?

—Naturalmente que no. Encontraremos una solución para que puedas seguir escribiendo para nosotros... Sin embargo espero que la directora del Savoy me haga un precio especial si alguna vez llegara a alojarme allí.

Ambos se rieron, y no con una risa alegre.

Violet tenía los dedos suspendidos sobre el teclado. Debía concentrarse. Max había pedido una comedia que tratara con desparpajo las relaciones de pareja, una mujer entre dos hombres, un secreto oscuro, una pieza radiofónica. De momento sólo había escrito una escena, y no muy buena. Malhumorada, pulsó el espaciador y el carro avanzó el ancho de una letra. Tecleó una y otra y otra vez el espaciador, sencillamente no se le ocurría nada. «Una comedia sobre las relaciones de pareja —Violet se mordió el labio inferior—, relaciones, comedia», se dijo, y al mismo tiempo pensó en el gran baile que se celebraría esa noche.

Al otro lado de la puerta de su minúsculo despacho se libraba la batalla de los preparativos. El baile de verano del Savoy era un acontecimiento social considerado de primer orden. Cada año tenía un lema distinto, en esa ocasión el maître, Dryden, había propuesto un tema francés, la atmósfera sería provenzal, se serviría sobre todo pescado y marisco. Siendo ése el ambiente, habían tenido la mala suerte de que se había estropeado el sistema de refrigeración, la carne se había echado a perder, y poco después las frutas exóticas se habían congelado y también se habían vuelto inservibles. No querían correr el riesgo de pedir grandes cantidades de pescado y marisco si no se podían conservar en frío. Por eso, en el último momento Dryden había cambiado el concepto y había decidido que ese año el baile sería dulce.

Puesto que la cocina del hotel no podía elaborar la cantidad necesaria de *petit fours*, el Savoy recurrió a tres pastelerías parisinas. Dos de ellas aún no habían entregado el pedido, y eso que el baile daría comienzo al cabo de siete horas. El maître había preparado unas fuentes profusamente ornamentadas de chocolate derretido en las que los invitados podrían bañar uvas y trocitos de melón ensartados en varillas de plata. Además del derroche de bombones, que se hallaban repartidos en bomboneras por todo el salón de baile, la cocina creó tres clases de *macarons* distintos, un *parfait* de manzana y vainilla, crepes con sirope de casis, un suflé con nueces de macadamia y, cómo no, los clásicos de rigor: *crème brûlée* con espliego y *tarte au citron*. A los invitados que prefirieran algo más contundente se les serviría un menú de cinco platos. Para afrontar esa doble carga, Dryden había contratado a varios cocineros adicionales.

Violet se recostó en la silla. Aquello no tenía ningún sentido. No podía pensar en otra cosa que no fuera el baile de esa noche. Descontenta, tecleó con un solo dedo: «NO – TIENE – NINGÚN – SENTIDO». El hotel había ganado, el hotel no dejaba escapar a Violet de sus garras. Sacó la hoja de la máquina de escribir, la arrugó y salió del despacho. Se propuso escribir la pieza radiofónica al amanecer, cuando en el Savoy reinara de nuevo la calma.

Los palcos que se abrían alrededor del salón constituían la fuente de ingresos principal del hotel. Un palco con ocho asientos costaba cuatrocientas libras, sin contar el menú. Propietarios de fábricas acudían con su familia, diputados de la Cámara de los Lores ocupaban con esposa e hija un palco, mientras que la querida se veía obligada a sentarse a una mesa en la sala. La pista de baile se hallaba en el centro, el espacio ovalado rodeado de palcos. El maestro Benedetti había añadido veinte músicos a su orquesta, de ese modo el conjunto de cuerda podía tocar alternando con la big band. Junto a Benedetti, dirigía su primer violín un hombre vanidoso con el pelo a lo Franz Liszt. Los instrumentos de cuerda eran responsables de los valses, la polca rápida y el tango, mientras que la big band tocaba música americana y foxtrot británico.

Un hombre solo se permitía un palco exclusivamente para él. No estaba sentado a la clara luz de los candelabros ni de la araña de cristal: Viktor Kamarowski se había retirado a una mesita dispuesta delante de la cortina que separaba el palco de una antesala. En ella había un sofá en el que se podía dar un descanso a los pies durante el baile. A veces en el sofá también se hacían otras cosas.

Kamarowski lucía un frac con unos gemelos de plata y botones de madreperla en la camisa. Le molestaba que por culpa del vientre se le abombase la pechera. La alegre música lo instaba a mover el pie arriba y abajo, sus dedos bailaban un pequeño y rítmico ballet sobre el mantel. Tiempo atrás, Viktor había sido un bailarín ágil, esa noche le apetecía volver a intentarlo.

Una leve corriente de aire le dijo que habían abierto la puerta de fuera. Alguien estaba tras la cortina echada.

—¿Me permite? —preguntó una voz de mujer.

—Llega tarde.

Kamarowski apartó un tanto la cortina. Más que entrar, la mujer se deslizó por la abertura y se acomodó en una silla que prácticamente estaba sumida en la oscuridad. Llevaba un vestido azul marino largo, los hombros cubiertos por un bolero de la misma tela. Remataba el conjunto un sombrerito de terciopelo con forma de medialuna y un velo que le caía por el rostro.

Kamarowski le sirvió una copa de vino y ambos brindaron. Bebía vino blanco, su estómago no toleraba el champán. La mujer se inclinó hacia delante y le dijo algo al oído.

—No hemos fracasado —objetó él.

—Por desgracia, el viejo no ha muerto.

Tenía la cabeza muy cerca de la suya.

Los ojos de Kamarowski recorrieron el salón y los palcos contiguos.

—¿Cómo es que su marido no sabía nada del nuevo testamento?

—No lo podía saber. Mi suegro, ese demonio caprichoso, no lo certificó ante el notario hasta la semana pasada.

—Creía que tenía bajo control a ese abogado. ¿Por qué no la previno?

—Quizá el señor Connaghy sufriera un ataque de lealtad. —El suspiro que lanzó Judy hizo que el velo se le apartara del rostro—. Sin embargo me inclino a pensar que Larry le pagó más.

—¿El testamento no se puede impugnar?

—Naturalmente que se podría impugnar, al fin y al cabo, Henry es el único hijo legítimo y Violet sólo un error lamentable de la difunta hija de Larry. Pero un juicio podría alargarse durante un tiempo indefinido, y el resultado sería incierto. —Judy bebió un sorbo de vino—. Nuestra única ventaja es que Violet no quiere el trabajo. Sólo se ha mostrado dispuesta a hacerlo por lealtad a su querido abuelo.

—Sin embargo eso no significa necesariamente que la señorita Mason me vaya a vender su parte.

—Desde luego que no lo hará. Vi sabe de sobra por qué Larry le legó la parte del león de hotel a ella y no a Henry.

—Porque su amado esposo, Henry, la vendería encantado. —Kamarowski se miró las cuidadas uñas—. Estoy dispuesto a realizar la compra, Judy. Quiero este hotel. Debo controlar lo que sucede aquí. Es absolutamente necesario para la clase de empresa que tengo en mente. —Bajó la voz—. En la primera conversación que mantuvimos me aseguró que la venta se llevaría a cabo en cuanto sir Laurence hubiese entregado el alma.

—Pero no la ha entregado —replicó Judy—. Ha sido usted quien ha fallado, Viktor, no yo.

—Por desgracia, el que ha fallado ha sido el señor Brandeis —la corrigió Kamarowski—. Y eso que siempre era extremadamente cumplidor con esta clase de trabajos.

—Pues en lugar de cumplir, curiosamente ha sido el señor Brandeis el que ha entregado el alma.

La big band tocaba *Angel from Hell*, un *quickstep* con una parte de vientos agresiva. Los saxofonistas se pusieron en pie, las trompetas se unieron a ellos. Judy se vio obligada a subir la voz para que Kamarowski la entendiese.

—Es bastante malo que Brandeis haya muerto en el hotel, pero podría ser peor. El señor Brandeis cometió la torpeza de llamar la atención de uno de nuestros ascensoristas.

—¿De cuál?

—Otto, se llama.

—¿Ese muchacho bien parecido de Múnich? Me he fijado en él. A ese joven lo podríamos utilizar para ciertos fines.

—Gracias a Dios, Otto acudió primero a Henry para comunicarle sus sospechas, y Henry lo tranquilizó. Por ese lado no tenemos nada que temer de momento.

—Pese a ello, quizá sea buena idea volver a hablar con él.

Judy lo miró con cara de asombro.

—¿Eso pretende hacer?

—Qué disparate. ¿Cuántos años tiene Otto?

—Quince o dieciséis.

—En tal caso conozco a la persona adecuada para mantener semejante conversación.

—¿Qué espera obtener de ella?

—Un joven que se pasa el día entero conduciendo

arriba y abajo a los huéspedes del Savoy puede ser de gran ayuda.

Los dedos de Kamarowski comenzaron a saltar de nuevo en el mantel.

—¿Se divierte? —Judy observaba la animación en la pista de baile.

—Me gustaría.

—¿Quiere que le envíe a una de nuestras chicas?

Kamarowski la miró fingiendo enfado.

—No sé en qué estará pensando. Pero no, me gustaría bailar. —Le tomó la mano con galantería—. ¿Me haría usted el honor?

—Yo no bailo.

—Podría haberlo imaginado. Usted no hace nada con lo que pueda perder el control, ¿no es verdad?

—Es sólo que no me apasiona dejarme llevar por un hombre. ¿Por qué no baila con Violet? Ahí la tiene.

—Una joven hermosa. —Cuando la música se suavizó, Kamarowski añadió—: No puedo quedarme más tiempo en Londres.

—¿Cuándo se marcha?

—Dentro de dos días.

—¿A Alemania?

—¿Por qué lo dice?

—Dada la situación política actual, es el único país al que podría viajar alguien como usted.

Kamarowski sonrió satisfecho al oír la respuesta de la inteligente e impenetrable Judy.

—Es posible que mis negocios me lleven allí. Sin

embargo aún hay un asunto que debo solucionar en Londres.

Judy se levantó, se escurrió por la cortina y abandonó el palco. Segundos después, Kamarowski la vio en el salón de baile. Se había retirado el velo y se mezclaba con los invitados. Saludaba a conocidos, charlaba, se reía y finalmente volvió cogida del brazo de su esposo. Incluso en frac, el Joven Henry parecía desalentado. Apenas lo tocó Judy, su cuerpo pareció enderezarse. «Como un títere —pensó Kamarowski—, que sólo cobra vida con el titiritero.»

—¿Se está emborrachando usted solo? —preguntó una voz que no reconoció en el acto.

Kamarowski se inclinó hacia delante.

—Ah, Lilienthal, buenas noches. —Se alegraba de saludar al divertido judío—. ¿Cómo se encuentra? No se le ve a usted el pelo.

—Me preocupa, querido Viktor, ahora que ya no puedo cuidar de usted. —Lilienthal se rio.

—Yo también siento que la dirección haya puesto a su disposición una suite para usted solo. A decir verdad resultaba agradable compartir nuestra morada de solteros. —Kamarowski se acercó al antepecho—. El frac le sienta de maravilla.

—Ese mismo cumplido podría hacérselo yo.

—¿Le apetece subir a tomar una copa de vino conmigo?

—Por desgracia no va a poder ser. —Lilienthal se encogió de hombros con pesar—. He conocido a una elegante vienesa, nos hemos citado para conversar.

—Lilienthal, me escandaliza usted —replicó Kamarowski, fingiendo censurarlo—. Es usted un hombre casado.

—La dama en cuestión podría pasar de los ochenta.

Con una sonrisa radiante, Lilienthal se despidió y comenzó a serpentear entre las parejas que bailaban.

Y como un águila ratonera, Kamarowski dejó vagar la vista por el salón. No tardó en descubrir una víctima sobre la que abalanzarse. La víctima adoptaba la forma de una dama corpulenta enfundada en un vestido verde. Kamarowski dejó el palco y se dispuso a pedir a la dama de verde si le concedía un baile.

14
La receta

—Te habría gustado el baile, abuelo. El Savoy ha estado a la altura de las circunstancias. Ahora podría decir que habrías estado orgulloso de mí, pero lo cierto es que prácticamente no hice nada. El señor Sykes me facilitó la lista de las personalidades más notables a las que debía dar la bienvenida. Pero como no conocía a muchos de ellos, se situaba detrás de mí cuando los recibía y me susurraba el nombre y las peculiaridades de cada uno. ¿No te parece un gesto encantador por su parte?

Violet le cogía la mano a Larry. Qué cansada estaba, qué desanimada y desconocida. La mañana siguiente al baile ya ni sabía adónde ir. No quería estar con John, y con Max no se atrevía si no podía entregarle la pieza radiofónica terminada. ¿Terminada? Menuda ridiculez, no había escrito siquiera una sola línea desde la última vez. Había estado caminando desde que el día había despuntado y hasta que el hospital se había cruzado en su camino. Violet había ido a ver a su abuelo.

—La señora Drake se ocupó de mi vestido para el baile —siguió contándole—. Pidió que acudiera al hotel un modisto, un francés de apellido rumano. Que no paró de hablar mientras me ajustaba el vestido. Y, entretanto, sus costureras dando vueltas de rodillas a mi alrededor y prendiéndome alfileres por todas partes. Por la tarde el vestido estaba listo, sencillo, oscuro, con una cosa... ¿Cómo se llama? —Le soltó la mano a Larry para enseñarle cómo era el vestido—. Aquí, en este lado, tenía un drapeado. De esa guisa ocupé mi lugar en la escalinata. Las principales personalidades de Londres desfilaron ante mí. Estaba nerviosa, pero menos de lo que me temía. Dios mío, abuelo, debí de estrechar cientos de manos. La mayoría de los invitados preguntaron por ti. Desean que te recuperes pronto.

Como si esperase que Larry reaccionara, Violet enmudeció. Su cabello estaba alborotado en la almohada. Desde que sufriera el ataque no le habían recortado el bigote, que parecía desgreñado. Violet nunca había visto a su abuelo con barba incipiente. Estaba pálido, pero no tenía la tez tan mortecina como hacía días. Su respiración apenas resultaba audible. De no ser porque la sábana se movía sobre su pecho, habría sido difícil saber si seguía con vida.

La noche que sufrió el colapso, mientras se celebraba el estreno de la obra de Shakespeare, Violet preguntó al médico si lo que le había sucedido a su abuelo podía ser consecuencia de algún factor externo. El doctor Hobbs, un hombre objetivo, prudente, ya había hablado por teléfono con el doctor Hochsinger, y éste le había informado del primer ataque que había sufrido Larry.

—Si el primer colapso hubiera sido un ataque de apoplejía leve, el de hoy no sería extraño —explicó a Violet—. La mayoría de las veces, el segundo ataque es más virulento. No he constatado que sir Laurence sufra lesiones externas, a excepción de una ligera hinchazón en la articulación del pie.

—¿Qué podría ser?

—Un moratón, señorita Mason, nada más. Me figuro que alguien le dio un pisotón.

Violet sacudió la mano de su abuelo con suma delicadeza.

—¿Dónde estás ahora, Larry? ¿Cómo es el mundo en el que te encuentras? ¿Flotas o nadas en aguas profundas? ¿Me oyes, soy una imagen, un recuerdo para ti? Si me escuchas, házmelo saber.

Violet se quedó a la espera, pero la anciana mano permaneció exangüe e inmóvil en la de ella.

—Incluso bailé. —Violet prosiguió con su narración—. ¿Te lo puedes creer? Uno de nuestros huéspedes me sacó a bailar. Un momento antes había visto cómo llevaba a una dama corpulenta por la pista, parecía un gran bailarín. De pronto, se plantó delante de mí y me invitó a bailar un vals. Con los valses no se puede meter mucho la pata, pensé, pero, ay, tendrías que haberlo visto, me hizo girar a derecha e izquierda entre las demás parejas. No nos dijimos una sola palabra, sólo me miraba de manera extraña de vez en cuando, probablemente porque lo pisaba.

En ese momento la pared de la cama de Larry se tiñó de rojo. Violet se volvió: el sol subía encendido tras Whitechapel.

—Me he de ir. Debo dormir, Larry, debo escribir. Más tarde tengo una reunión con Henry y Judy. —Violet bostezó—. Judy estaba espectacular ayer, nunca la había visto con un vestido así. Claro que aún es joven, sólo me saca diez años, y muy guapa. Me pregunto por qué se viste de una manera tan poco favorecedora. Henry sigue ocupando tu despacho, hablamos por teléfono a diario. Me da la impresión de que está conforme con cómo has dispuesto las cosas. Al menos hasta la fecha no ha dicho nada. Me cae bien Henry, ya lo sabes, porque para mí es como un niño grande, y eso es algo que me resulta conmovedor. —Violet se puso de pie—. Bueno, ahora sí que debo irme. Hasta pronto, abuelo, y ponte bien. —Se inclinó sobre él y le dio un beso—. Tómate tu tiempo, pero te ruego que tengas en cuenta que no me gustaría quedarme toda la vida en el hotel.

Con la grata sensación de haber mantenido una conversación satisfactoria con su abuelo, Violet salió de la habitación. El ruido que se oía en los pasillos la informó de que St. Bartholomew's había despertado hacía rato.

—*En haut.*

Otto vaciló un instante antes de poner en marcha el ascensor.

—*Vite, alors* —dijo ella, al ver que el muchacho no cerraba la reja de inmediato.

—*Troisième, madame?*

—¿Cómo lo sabe?

—Esas cosas hay que saberlas, madame.

La francesa ya había subido dos veces con Otto, la primera miró a su alrededor con aire de perplejidad en la tercera planta.

—¿Qué habitación, madame? —preguntó el servicial muchacho.

—*Trois cent treize.*

—En ese caso, madame, debe ir por el pasillo de la derecha.

Ella se despidió con una inclinación de cabeza y enfiló el pasillo indicado.

En lo tocante a las mujeres, eran sobre todo las casadas las que se mostraban más atentas con Otto mientras que los esposos clavaban la vista con obstinación en el indicador luminoso del ascensor. Las engreídas hijas de los huéspedes del hotel hacían como si no viesen al muchacho, y las señoras de cierta edad le dedicaban más tiempo. Sin embargo, jamás una mujer como ésa se había fijado en Otto. Despertaba algo en él que conocía más o menos, que incluso había probado en parte, pero ¿se podía llamar *acto carnal* al toqueteo con la luz apagada que protagonizaron en su habitación? El color de la tez de esa mujer se tendría que describir como *enfermizo*, de no haber estado él seguro de que utilizaba polvos claros. Se había perfilado los vivos ojos azules con un lápiz negro y se había pintado los párpados de violeta oscuro. Llevaba el pelo teñido, sin lugar a dudas, ese rubio no podía ser producto de la naturaleza. Desde el punto de vista de Otto, era mayor, seguro que tenía treinta años, quizá incluso más.

—La *trois cent treize* está en esa dirección, madame.

Salió del ascensor para mostrarle nuevamente el camino.

—¿Podría pedirle un favor? —Su acento era de los que dejaban traslucir desvalimiento.

—Desde luego, madame.

—Necesito un medicamento de la farmacia.

—¿No se encuentra usted bien? ¿Quiere que llame al médico del hotel?

Con dedos inquietos extrajo un papel del bolso de mano. Por debajo del asa, Otto reparó en las iniciales G. G.

—Seguro que aceptan la receta en una farmacia de Londres.

El doctor Garrisson, el médico del hotel, había confiado a Otto que más de un huésped deseaba que le fuesen administrados estimulantes o algún calmante para poder dormir. El doctor había recomendado encarecidamente a Otto que no se comprometiera a hacer tal cosa bajo ninguna circunstancia y que nunca facilitase medicamentos al huésped. En juego estaba no sólo la carrera de Otto, sino también la reputación del hotel. Y es que si se podía demostrar que un huésped había dosificado mal un medicamento que le había proporcionado el personal del establecimiento, la responsabilidad recaería sobre el Savoy. Cuando se diera el caso, Otto debía comunicar tales deseos especiales al doctor Garrisson, pues él era el único que podía decidir a quién se prescribía qué y en qué cantidad.

—Por desgracia, no puedo abandonar el *ascenseur* tanto rato —respondió Otto, sin coger el papelito que le daba la francesa. Mentalmente repasaba las oportunidades que estaba desaprovechando. Negarse a cumplir el deseo de aquella mujer extraordinaria hacía parecer a Otto un criado torpe. Sin embargo quería intentar arreglar la situación—. Madame, permítame sugerirle que consulte a nuestro médico, sobre todo porque se trata de un medicamento extranjero.

—Muy bien —se limitó a decir la mujer, y salió del ascensor.

Adiós muy buenas. La había mosqueado, ya no había vuelta atrás. No volvería a saludarlo en el ascensor, no volvería a dirigirse a él con tanta intimidad. Al ver que se alejaba, y con el trasero imprimiendo un movimiento tornasolado al vestido de satén, notando cómo lo asaltaba la desesperación de haber perdido una oportunidad, no pudo contenerse.

—¡Madame! —exclamó.

Ella no se detuvo.

Era ascensorista, era impensable que llamara a gritos a un huésped por el pasillo. Otto echó por la borda cualquier reparo.

—*Madame, un instant, s'il vous plaît!*

Quizá fuese el hecho de que lo dijera en francés lo que hizo que la mujer volviese la cabeza. Otto, que confiaba en no haberla perdido del todo, echó a correr hasta quedar a diez pasos de ella, y después avanzó a un ritmo sosegado.

—Creo que no me he expresado bien, madame. Lo que quería decir es que mi turno termina dentro de tres cuartos de hora. Estaría encantado de procurarle lo que usted desea después.

Ella lo escudriñó de arriba abajo, a su mirada había asomado una frialdad inequívoca.

—*Quarante-cinq minutes?* Es demasiado tiempo.

Otto entendió que no estaba dispuesta a perdonarlo y dio por sentado que se alejaría en el acto, pero la mujer se volvió por completo, con una mirada que reflejaba desprecio pero también maldad.

—No sé por qué los ingleses sois siempre tan condenadamente correctos.

—No soy inglés, madame.

Otto señaló la receta, hizo una reverencia y extendió la mano enguantada.

—¿De dónde es?

—De Baviera, madame —repuso con tino, ya que los prejuicios de que Alemania y Francia eran enemigas no habían perdido fuerza—. Permítame que le procure ese medicamento.

—¿Y su *ascenseur*?

—Le pediré a un compañero que me sustituya.

—Pero dese prisa.

Le entregó la receta con gesto altanero.

—*A tout à l'heure, madame.*

Otto la siguió con la mirada hasta que llegó a su habitación y después salió disparado. Echó a correr por el ala que daba al patio interior de la planta baja, donde se encontraban las oscuras habitaciones del personal. Otto compartía cuarto con Tommy, el limpiabotas. La jornada de Tommy empezaba por la noche, en cuanto los huéspedes dejaban sus zapatos ante la puerta. Durante el día se quedaba en la cama, fumando y leyendo novelas obscenas.

—Te doy un cuarto de penique si me sustituyes unos minutos en el ascensor.

—No puedo —contestó Tommy sin levantar la vista del libro que estaba leyendo.

—¿Y si te doy medio penique? —Otto hacía tintinear las monedas en el bolsillo—. Podrías decir que me he puesto malo.

—¿Qué pasa? —Tommy señaló la línea por la que iba con un dedo.

—Debo hacer un recado para alguien.

—¿Una dama?

—¿Importa eso?

Tommy se rascó el mentón.

—No, no puedo.

—Tres peniques. —Otto subió su oferta—. Y otros tres si me sustituyes media hora.

—¿Seis peniques, entonces? —Tommy dejó la novela a un lado—. ¿Y si me pilla el señor Sykes?

—Te daré los seis peniques igualmente y le explicaré lo sucedido al señor Sykes.

—Dame esas monedas. —Tommy sacó las piernas de la cama—. Dame la chaqueta.

Otto se fijó en que Tommy tenía las uñas negras, del betún.

—Será mejor que te pongas también los guantes.

Se intercambiaron la chaqueta, el trato estaba cerrado. Antes de que saliera disparado a hacerle el recado a la francesa, Otto reparó en la última carta de Gabriele. Su prima le hablaba cada vez más entusiasmada de ese hombre al que ni siquiera desconcertaba su derrota frente a Hindenburg. Gabriele incluso lo citaba textualmente: «Sólo de mi fanatismo y mi piadoso fervor nace la fuerza que conferirá a nuestro Reich la grandeza y el verdadero esplendor, la verdadera Alemania para todos nosotros». Otto guardó la carta en el cajón. No entendía a Gabriele. ¿Es que no sabía hablar de otra cosa que no fuera de estúpida política? Por su parte, él prefería dedicarse a lo que de verdad importaba en la vida. No decepcionaría a la bella francesa.

15
El pentáculo

Kamarowski hizo una señal al camarero para que le sirviera más coliflor con mantequilla fundida.

—¿Conoce esta imagen, milady?

—¿Qué es? —Lady Edith se acercó la fotografía.

—Resulta increíble lo que es capaz de hacer la técnica fotográfica moderna hoy en día, ¿no es cierto? —Kamarowski indicó al camarero que se retirase—. Gracias. Ya nos ocupamos nosotros.

—No entiendo. —Lady Edith le devolvió la instantánea—. Pero si es...

—Es él, sí. —Kamarowski observó risueño el montaje fotográfico.

En él se veía a Hitler saludando con el brazo hacia atrás. A su espalda aparecía una figura sobredimensionada con un traje de mil rayas que le entregaba un fajo de billetes de mil marcos.

—¿Qué le parece a usted el pie de foto? —Kamarowski se rio—. «Millones me respaldan.» ¿No es para morirse de risa?

Lady Edith dejó a un lado el cuchillo y el tenedor, apenas había tocado la comida.

—Viktor, accedí a reunirme con usted, incluso he venido a su suite, aunque habría preferido que el encuentro se produjese fuera del hotel.

—¿Qué tiene en contra del Savoy? —preguntó él, fingiendo asombro.

—Aquí me conocen.

—A usted la conocen prácticamente en todas partes, mi venerada señora. Sin embargo, en el Savoy se la conoce por un motivo especial.

—No siga hablando, Viktor. Ese tema ha de ser tabú.

Su sonrisa se ensanchó.

—Me considera usted vulgar, ¿no es verdad, duquesa? Carente de gusto, sin escrúpulos y manipulador. Ni siquiera pretendo llevarle la contraria.

—Lo considero a usted un buen hombre de negocios, señor Kamarowski.

Pasó el tenedor de postre, que no había utilizado, por el mantel, dejando tres finas líneas marcadas.

—Y ¿qué es lo que distingue a un buen hombre de negocios? Que es capaz de poner fin a una situación difícil. Debería ser capaz de tratar con personas, ya que las situaciones difíciles las crean las personas.

—Estoy segura de que se lleva usted bien con las personas, Viktor.

—Sí, me gustan las personas, las quiero, incluso. Si se sabe buscar en ellas, se puede encontrar algo bueno... o algo útil en todas. —Kamarowski pinchó la coliflor y la sumergió en la mantequilla—. Todo el mundo puede resultar útil si uno sabe el secreto especial que guarda.

—Y usted cree saber cuál es mi secreto, ¿no es así?

—En su caso no es necesario, milady. Sé cuál es el secreto de su esposo.

—¿De mi esposo? —El tenedor, cuyas líneas describían un semicírculo, se detuvo—. ¿Me permite que le pregunte a qué se refiere?

En lugar de responder, Kamarowski le ofreció de nuevo el montaje fotográfico a lady Edith.

—¿Ve el misterioso hombre trajeado de la caricatura?

Dio unos toquecitos con el dedo en la figura anónima con el traje de mil rayas que daba el dinero a Hitler.

—¿Me va a decir que es usted, Viktor?

—Muchas gracias, pero me sobreestima. Yo sólo soy un intermediario que pone en contacto a la gente. Sin embargo, sé quién es la persona a la que se alude en esta imagen. —Masticaba despacio—. Y esa persona está muy interesada en usted, mi venerada duquesa.

—Ya se lo dije entonces, Viktor, y se lo repito hoy: no puedo hacerlo. —Lady Edith soltó el tenedor—. Lo mismo le dije a aquel hombre tan desagradable que me envió.

Borró las líneas del mantel con la mano.

—¿Se refiere al señor Brandeis?

—Me refiero a esa víbora, su factótum, que se tomó la libertad de hablar en nombre de usted.

—Si la manera de obrar del señor Brandeis la ofendió, me gustaría pedirle formalmente disculpas por ello, lady Edith.

—En efecto, fue una ofensa tener que reunirme con él —contestó, si bien la disculpa cumplió su cometido, en cierto modo.

—Los intereses de mi cliente son de naturaleza puramente comercial —prosiguió Kamarowski—. No se espera de usted nada que sea contrario a las leyes del decoro y a la particular etiqueta que corresponde a su categoría.

La duquesa juntó las manos; las venas se le dibujaban cual pálidas serpientes.

—Le ruego que entienda, Viktor, que el señor MacDonald es para mí un amigo muy querido y apreciado.

—Su querido y apreciado amigo es también el primer ministro de la potencia económica más importante de Europa, si no del mundo entero.

—Precisamente por eso, mi amigo, el señor MacDonald, cuenta con que yo sea digna de su confianza. Dicho sea de paso, durante nuestros encuentros nunca hablamos de temas que pudieran interesarles a usted y a su cliente.

Kamarowski dejó escapar una risa liberadora.

—Mi querida lady Edith, nuestra conversación se ha desviado y se ha sumido en una atmósfera de media luz y ambigüedad, lo cual no se corresponde ni con mis deseos ni con los hechos. Es usted amiga del primer ministro británico. Se trata de una amistad sincera y reconfortante que, me figuro, los ciudadanos conocen y la opinión pública ve con buenos ojos. —Extendió los brazos—. Y ¿por qué no iba a ser así? A fin de cuentas, su esposo es miembro de la Cámara de los Lores, lo que significa que se encuentra a un tiro de piedra del lugar de trabajo del primer ministro. Cualquier alianza desafortunada que fuera más allá de una amistad entre usted y el primer ministro sería absolutamente impensable.

—Sé lo que está haciendo, Viktor —espetó la duquesa con tirantez—. Intenta poner de relieve el particular triángulo que dibujamos el señor MacDonald, mi marido y yo.

Kamarowski se retiró la servilleta del chaleco.

—Puestos a hablar en términos geométricos, duquesa, yo preferiría esta figura.

Tomó el tenedor de postre de lady Edith y trazó en el mantel un archiconocido y sombrío dibujo.

—¿Qué es eso? —preguntó la duquesa, que no terminaba de entenderlo.

—Aquí está usted, milady; aquí su esposo, el duque de Londonderry. En este lado se encuentra el primer ministro, y en ése estamos mi cliente y yo. —Kamarowski, concentrado, trazaba líneas—. La mejor manera de expresar la relación que existe entre estas cinco personas es mediante esta figura geométrica, ¿no le parece a usted?

—Un pentáculo —musitó lady Edith.

—El antiguo símbolo de una relación especialmente profunda. —Kamarowski se levantó y se acercó a la duquesa—. Me han dicho que siente una fuerte atracción por lo oculto.

La duquesa miró al hombre del traje negro.

—¿Por qué hace esto, Viktor? ¿Por qué me hace esto?

La contempló con una gravedad paternal.

—Todavía no te has tomado la medicina.

Otto se cubrió la cadera con la sábana mientras la francesa seguía a su lado sin taparse.

—Hace que me sienta cansada. Y no quería estar cansada.

Otto sentía la necesidad de decir algo que mostrara sensibilidad por su parte, que expresara su estado de ánimo, abrumado y al mismo tiempo agradecido, pero sus palabras no estaban a la altura de sus sentimientos.

—Eres tan bella... —dijo, acariciándole el pecho.

—Déjate de bobadas. —Lo apartó de un empujón—. No intentes dártelas de romántico, me aburre.

Ese cambio repentino de humor confundió a Otto. Había leído que, en el caso de las mujeres, al acto sexual podía desencadenar un aluvión de sentimientos. Por lo visto no era el caso de ella.

—¿Qué quieres que haga?

—Para empezar, volverás a tratarme de usted. No

confundas amor físico con confianza. A menudo significa lo contrario. En adelante seré *madame* para ti, y tú serás prácticamente invisible para mí.

Si lo hubiese abofeteado, el desconcierto de Otto no podría haber sido mayor.

—Como desee, madame.

—¿Cómo imaginas tu futuro?

—Todavía no he pensado mucho en eso. Creo que es un privilegio poder trabajar aquí.

—¿No quieres hacer nada más en tu vida que subir y bajar a personas en el ascensor?

—En un hotel como éste hay muchos otros cometidos que podría considerar.

—¿Qué estudios tienes?

—No muchos, me temo. Pero soy curioso y aprendo deprisa. Podría, por ejemplo...

Ella lo interrumpió.

—Ponte de pie.

Obedeció, y la sábana se le cayó.

—¿Desea madame que le traiga algo?

—¿De esta guisa? —La francesa esbozó una sonrisa de satisfacción.

—Podría vestirme.

—Ponte delante del espejo.

—¿Para qué quiere me ponga delante...?

Lo hizo callar con un gesto.

—Me resulta agotador que repitas todo lo que te digo antes de responder. Hace que nuestra conversación sea el doble de larga y, como comprenderás, yo no saco ningún provecho de tu cháchara. Tú, en cambio, te beneficiarás enormemente si haces lo que te digo y contestas a mis preguntas.

Sin decir palabra, Otto se situó delante del espejo con el marco dorado y profusamente ornamentado.

—¿Qué ves?

—A mí, madame.

—No. —Se incorporó.

—Ves el capital que tienes, amiguito. El único capital que posees y que poseerás. Ese capital se marchitará y se desvanecerá deprisa. Aprovéchalo mientras puedas, a fin de cuentas, es tuyo.

—¿Mi capital? —se atrevió a preguntar.

—Tus oportunidades residen en tu aspecto físico y tus indiscutibles cualidades en la cama.

—No estoy hecho para el amor comprable, madame.

—Nada, mi inexperto y codicioso amigo, es tan comprable como el amor. Es sólo que los asuntos que tienen que ver con el amor se llaman de otra manera; se llaman *matrimonio*, *pasión* o *lealtad*, y sin embargo tras ellos no hay sino un negocio. —Contempló ensimismada la imagen de Otto que devolvía el espejo—. Cuanto antes sepas ver cuál es la esencia del amor y no la envuelvas en arabescos románticos, tanto más lejos llegarás.

—Le agradezco, madame, el consejo, pero no sé cómo podría...

—Deja que yo me encargue de eso. En adelante cierra el pico todo lo que puedas y haz lo que te diga. —Se tendió de espaldas—. Y ahora ven aquí.

Otto se acercó tímidamente a la cama. Ella le tocó las piernas y el ascensorista se estremeció.

—¿Qué te pasa?

—Sus manos, madame.

—Están heladas, lo sé. Una particularidad desagradable, siempre tengo las manos demasiado frías. —Siguió tocándolo sin reprimirse—. Tú me las calentarás.

—Como ordene, madame. —Le cogió las manos.

—No seas ridículo.

—¿He hecho algo mal?

—Mi deseo aún no ha sido saciado, tendrías que haberte dado cuenta por ti mismo. La circulación de mis manos suele ser buena sólo cuando mi deseo ha sido saciado.

—Entiendo, madame.

—Entonces ven.

Se sentó a su lado, en el borde de la cama, desnudo.

—¿Puedo preguntar, si no es molestia, cuál es el nombre de pila de madame?

La pregunta la hizo reír, algo poco común.

—No, no puedes, jovencito. No lo considero necesario para nuestra futura relación. Es mejor que seamos felices en el anonimato.

Dorothy Pyke tenía el rostro enrojecido y el peinado deshecho, como si se hubiera tirado ella misma del pelo.

—Me parte el corazón, Vi. Qué puedo decir, me parte el corazón verlo así. —Estaba al borde de las lágrimas.

—¿Has ido al hospital?

La antigua asistente de sir Laurence estaba en el despacho de Violet, apoyada en la pared.

—Nunca había estado enfermo. Jamás he conocido a una persona de su edad más sana que sir Larry.

—Eso no es verdad. El doctor Hochsinger siempre le llamaba la atención sobre lo mucho que castigaba su corazón.

—Porque Hochsinger le tenía afecto —objetó Dorothy—. Porque quería que Larry se cuidara más. Por eso lo previno de que podía sufrir un infarto.

—¿Quieres decir que en realidad a Larry no le pasaba nada serio?

Violet se pasó la toallita húmeda de la frente a la nuca. Seguro que en el despacho estaban a cuarenta grados.

—Claro que Larry tenía algún que otro achaque, pero, a sus setenta y dos años, el corazón le latía con fuerza en el pecho. Lo sé. Pasaba todos los días muchas horas con él, hablaba y trabajaba con él. Era vigoroso, positivo, era feliz. —Dio un paso hacia Violet—. Larry era una persona satisfecha. Agarraba la vida con las dos manos, la moldeaba a su antojo, eso era lo que lo mantenía joven. No me puedo creer que en tan poco tiempo haya caído en picado así. Nunca lo había visto tan desvalido. Es como si ya no estuviera entre nosotros. —Se le saltaron de nuevo las lágrimas, se pasó la mano por la nariz.

Violet dejó la toallita a un lado.

—¿Por qué has venido a verme, Dorothy?

—Sé que te parecerá extraño, a fin de cuentas presenté mi dimisión a sir Laurence. Entonces pensé que debía pedirme disculpas por haber sospechado de mí injustamente. Pero ahora comprendo que no fue más que mi estúpido orgullo. He vuelto porque algo no cuadra, Vi. Hay algo turbio en lo que ha sucedido últimamente. Larry lo sabía. Creo que tenía el presentimiento de que estaba en peligro.

—¿De qué peligro hablas? —Violet se apoyó en el escritorio.

Delante, a modo de mudo acusador, se erguía la Imperial. Una vez más había introducido una hoja en blanco en ella, una vez más sólo había escrito unas frases. Sencillamente no era capaz de avanzar en el relato.

—Después de sufrir el primer ataque, Larry estaba seguro de que lo habían envenenado —contestó la señorita Pyke—. ¿Cómo se le ocurrió tal cosa? ¿Por qué no lo atribuyó a su corazón, que habría sido lo normal? Lo primero que pensó fue: «Me han envenenado». En un primer momento pensó que el veneno estaba en el té. Oppenheim investigó a fondo, pero no encontró nada. Después se descartó la teoría del envenenamiento. Pero quizá tu abuelo tuviera razón, quizá su primera suposición fuese la acertada.

Dorothy se acercó a la ventana y respiró hondo unas cuantas veces. El sol de mediodía jugueteaba en sus hombros.

—Si Larry no te hubiera nombrado su sucesora, no habría venido, Vi. Puedes estar segura de que no habría aceptado a Henry como nuevo jefe. —Se volvió—. Larry debió de cambiar su testamento repentinamente, de lo contrario yo lo habría sabido. Estaba al tanto de todo, no me ocultaba nada. Debió de intuir algo.

—Intuir ¿qué?

—Temía que volvieran a atentar contra él, así que debía actuar deprisa si quería dejar el Savoy en buenas manos. Por eso ordenó al señor Connaghy que redactara un testamento nuevo.

Violet se dejó caer en el respaldo de la silla.

—La noche que Larry sufrió el colapso pregunté al médico del hospital si había descubierto algo fuera de lo común, por ejemplo, señales de algún factor externo, pero no había nada. Un moratón en el pie, eso es todo.

—Seguro que ocurrió lo que te cuento —insistió Dorothy—. Larry lo veía venir. Puso buen cuidado en no decírselo a nadie, ni siquiera a ti. Dio sus decisivos últimos pasos callada y resueltamente. El hecho de que tú estés ahora aquí, en su hotel, ocupándote de sus asuntos es la prueba de que hizo lo correcto.

Violet miró de arriba abajo el aspecto serio de la asistente de su abuelo. Nunca había visto tan fuera de sí a la disciplinada señorita Pyke.

—¿Qué propones? ¿Que informe a Oppenheim?

—Mejor no.

—Pues no puedo acudir a la policía con una sospecha tan vaga.

De pronto, fue como si Violet tuviera delante la habitación 307, cuya puerta había sido reparada de tapadillo, y la ventana por la que se había caído un huésped del hotel. Tras realizar una breve investigación, la policía había archivado el asunto.

—¿Qué se supone que debo decirle a la policía? ¿Que la antigua asistente de sir Laurence alberga una sospecha que por desgracia no puede confirmar nadie?

—Sí, tienes razón —asintió Dorothy—. Pero al menos dame trabajo, Vi, te lo pido por favor. Uno que me permita moverme por el hotel sin llamar la atención.

—Y ¿qué piensas hacer?

—Mantendré los ojos abiertos.

—¿Quieres jugar a hacer de policía?

—Quiero averiguar quién se beneficiaría de la muerte de Larry.

—Yo, por ejemplo —replicó Violet con una sonrisa grave—. Yo podría haberlo planeado todo con antelación.

—Y por eso estás ahora en esta ratonera a la que llamas *despacho*, que ni siquiera se puede ventilar, ¿no?

—No existe ningún indicio para lo que afirmas. —Violet se levantó—. No existe ninguna sospecha real ni ningún sospechoso.

—Sólo existe el anciano que está silenciado en el hospital St. Bartholomew's, donde ya no pueden hacer nada por él —replicó Dorothy—. El hecho de que esté allí es una acusación que habla por sí sola.

Violet se situó delante de la señorita Pyke.

—De acuerdo, Dorothy, puedes volver. Estás contratada de nuevo.

—¿Para hacer qué?

—Serás mi asistente.

—Gracias, Vi. —La señorita Pyke echó un vistazo a su alrededor—. Me temo, sin embargo, que necesitaremos un despacho más grande.

Se sacó el espejito de bolsillo del bolso y se arregló el peinado.

16
Las iniciales

Un cortocircuito paralizó la cuarta planta entera. Después de inspeccionar la maraña de cables fundidos en la caja de fusibles, John reclutó a dos botones para que lo ayudasen a tender cables nuevos. La reparación propiamente dicha se prolongaría durante semanas, razón por la cual había que hacerse a la idea de que los cables provisionales reptarían por los pasillos como si fuesen serpientes negras. El señor Sykes se apresuró a ir de habitación en habitación para expresar su pesar a los huéspedes y prometer la pronta reparación del daño ocasionado.

Violet no vivía en la suite de la dirección, la que ocupaba su abuelo. Durante el día, Henry desempeñaba allí sus funciones, y por la tarde la suite se cerraba con llave. Por la noche, sobre la cama situada bajo la cúpula y la alfombra con la cenefa de piñas no caía otra luz que la de la luna. Violet tampoco vivía en Pimlico, en su apartamento. Desde que el Savoy había acaparado su vida, por la noche estaba tan cansada que rara vez lograba salir del hotel. Subía tarde a la quinta planta y dormía con John. A veces, él llegaba más tarde incluso que ella, los problemas con la electricidad del hotel parecían no acabar nunca. Violet había dejado de preocuparse por las disyuntivas que le planteaba la vida: la libertad de ser escritora o la servidumbre del Savoy; Max o John. Aceptaba su presente, el futuro todavía no estaba a la vista. Sin embargo, apartaba de la mente el futuro que le prescribía el testamento de su abuelo.

Las ruedas del Savoy seguían girando discreta, elegante y costosamente. De manera abrupta y repentina, desde su última visita, lady Edith, la duquesa de Londonderry, volvía a instalarse en su suite. Poco después recibía la visita del primer ministro. Ramsay MacDonald se quedó cuatro horas nada menos, *The Times* dedicó una noticia al encuentro. La ola de calor había remitido. Según el calendario era pleno verano, pero el malicioso tiempo londinense traía lluvias y tormentas.

Arturo Benedetti sufrió un accidente laboral. Cuando se disponía a subir con brío a la tarima que ocupaba la orquesta, resbaló en un charco de champán y se rompió el brazo. Su asistente, el violín con el pelo a lo Franz Liszt, confiaba en poder sustituir al maestro, pero se equivocaba. A partir de ese momento gozó de popularidad la pintoresca estampa de Benedetti dirigiendo con el brazo escayolado. Ni siquiera con el elefanciaco brazo le faltaba temperamento o precisión.

La francesa se había marchado. Otto no echaba mucho de menos las apasionadas horas que había pasado con ella; echaba en falta el desprecio de aquella mujer, su severidad. Los momentos ocasionales de excitación que había vivido con las camareras ya no significaban nada para él desde que aquella mujer cuyo nombre ni siquiera conocía se había convertido en su dueña. Quería ser su esclavo y obedecía escrupulosamente sus órdenes.

Otto, el alemán, investigaba los movimientos de los huéspedes alemanes en el Savoy, cuyo número aumentaba de mes en mes. Para efectuar tales indagaciones se servía de la sorpresa que experimentaban sus compatriotas cuando se dirigía a ellos en su lengua materna en el ascensor. Distinguía a los alemanes que viajaban por negocios de los que viajaban por placer, a los artistas de los funcionarios que acudían a Londres en nombre del titubeante gobierno alemán. Otto seguía la pista tanto a personalidades como a personas aparentemente insignificantes. Le había sido encomendado distinguir entre huéspedes judíos y no judíos, tomaba nota de los lugares a los que los judíos se dirigían en taxi, se grababa en la memoria si un alemán de alto rango quería ir al palacio de Westminster o si recibía en el salón de té del Savoy a miembros del Parlamento británico. Memorizaba conversaciones que cogía al vuelo en el ascensor y las ponía por escrito después. Otto no comentaba nada, no se formaba una opinión propia, sólo se lo encomendaba todo a la memoria. Una vez por semana metía sus notas en un sobre que depositaba en recepción sirviéndose de una clave. Nunca descubrió quién recogía las cartas, pero al cabo de unos días desaparecían. El ascensorista se mostraba optimista al pensar que demostraría ser digno del encargo que le había hecho la francesa y ésta lo recompensaría por ello. Aunque su lugar de trabajo, la angosta cabina de su *ascenseur*, pudiera ser minúsculo, Otto tenía la sensación de llevar una vida prolija, repleta de posibilidades nuevas.

Violet se topó con John Gielgud por casualidad, después de presentarse ante Max Hammersmith apesadumbrada y confesarle que no iba a poder entregar a tiempo la pieza radiofónica. Max se mostró tan condenadamente comprensivo que hizo que a Violet le remordiese más aún la conciencia. Él le había pedido un fragmento para al menos poder hacerse una idea del relato. En lugar de contestarle, ella se sacó del bolsillo una bola de papel, su último intento de realizar el trabajo. En él, tecleado con esmero con la Imperial, ponía: «No dejes para mañana lo que puedas hacer hoy».

Max la miró apenado:

—¿Tanto tienes que hacer en el hotel?

Violet no fue capaz de sostenerle la mirada.

—Con todo el jaleo soy incapaz de concentrarme, la verdad.

—¿Qué te parece si pongo a trabajar a otro escritor en la pieza y te encontramos otra cosa cuando sea?

Cuando sea. Esas dos palabras le dolieron especialmente. En el fugaz mundo de la radio, «cuando sea» equivalía a «nunca». Desalentada, sólo tuvo presencia de ánimo para agradecer a Max su comprensión y acto seguido salió disparada del despacho. En el pasillo estuvo a punto de derribar a John Gielgud. El sombrero se le cayó al suelo.

—Vaya, aquí está nuestro ambicioso torbellino —la saludó—. Aprendiz de mucho, maestra de nada.

—Discúlpeme, señor.

Violet se apresuró a recoger el sombrero de fieltro y se lo devolvió al actor.

—Lo que imaginaba —siguió lanzando pullas él—. Una pieza radiofónica aquí, una asistencia de teatro allá, un reportaje sensacionalista para la BBC, una dramaturgia en el Old Vic: ¿cuándo piensa llegar a buen puerto, Violet?

Le sorprendió que supiese su nombre de pila, en el Sadler's Wells la trataba únicamente de «señorita».

—Gracias, señor —respondió, aunque la respuesta no tenía ningún sentido.

—Me figuraba que, tratándose de usted, en su tiempo libre quizá ejercería incluso un tercer oficio.

—No sólo en mi tiempo libre, señor.

Violet no tenía intención de abrir su corazón a Gielgud, y suponía que él tampoco tendría tiempo o interés en ello, pero parecía de buen humor, parlanchín, afectuoso, algo atípico en él, y antes de ser consciente de lo que estaba sucediendo, Violet se vio sentada con John Gielgud en la cafetería de la BBC.

—¿Qué está haciendo usted en la radio, señor, si me permite la pregunta?

—Me pidieron que participase en un pequeño serial. Se titula *Gielgud lee a Oscar Wilde*. —Unió las dos manazas.

—Una idea excelente, señor.

A diferencia de la mayoría de los actores, no quería hablar de sí mismo, sino que ahondó con tacto en Violet, a la que a todas luces veía apesadumbrada. Acabaron hablando del Savoy, del sorprendente testamento de sir Larry y de la lucha por la sucesión que a decir verdad tendría que haberse declarado pero que curiosamente no se había producido. Gielgud estableció una comparación con Shakespeare, que sin duda habría transformado una historia familiar como la de ella en un drama cautivador, en el que Violet, como era natural, habría representado a la heroína. Según Gielgud, sólo había que averiguar quién era el villano en la trama de esa tragedia familiar.

—¿Siempre tiene que haber un villano? —Violet ya se había bebido su té.

—Siempre. Sin villanos la cosa no funciona. —Gielgud se tomaba su tiempo con su Earl Grey—. Shakespeare nos demuestra una y otra vez que el villano no se presenta vestido de negro o espiando en una esquina con semblante funesto, sino que aparece disfrazado de amigo, con vestimenta de confesor o investido de la dignidad de un juez. La mayoría de las veces, el villano es aquel que menos se lo espera uno.

Dejó que la rodaja de limón se moviese a un lado y a otro delicadamente.

—«Mis tablillas, mis tablillas» —declamó en voz queda—; «veo que puedo apuntar que uno puede sonreír y sonreír y ser un villano». —Escudriñó a Violet amistosamente—. Próximamente retomaré mi Hamlet. ¿Le apetecería ir al teatro?

—Muchas gracias, señor, sí, claro. «Que uno puede sonreír y sonreír...» —repitió.

—«Y ser un villano.»

A una señal de Gielgud, la camarera se acercó a ellos con la cuenta.

—No hay ningún motivo para ver el pentáculo como algo atemorizador. —La mujer corpulenta del vestido verde oscuro extrajo dos cartas de la baraja que había abierto y las dejó la una junto a la otra—. Para los egipcios, la estrella de cinco puntas era la quintaesencia de los cuatro elementos. Durante el Renacimiento, el pentáculo incluso fue un símbolo del hombre en sí. Da Vinci hizo alusión a él artísticamente cuando dibujó al Hombre de Vitruvio. En su representación, la cabeza, los pies y las manos se hallan dentro de un círculo y dan como resultado las cinco puntas del pentáculo.

La mujer, que se llamaba Caroline Rattle, señaló las dos cartas que había extraído: el cinco de copas y el as de oros.

—Mire, lady Edith, cuando la punta de la estrella de cinco puntas mira hacia arriba, es un símbolo de magia blanca que nos muestra relaciones y constelaciones nuevas. Sólo cuando la punta mira hacia abajo nos las tenemos que ver con un símbolo del reino oscuro.

Lady Edith respiraba acelerada. Llevaba puesto un kimono color albaricoque y se refrescaba con un abanico. Estaba tendida en la *chaise longue*, y la señora Rattle en una silla, frente a ella.

—¿Qué significa el pentáculo en mi caso?

—¿Si me permite?

Con un gesto, la señora Rattle pidió a la duquesa que le enseñara la mano.

A lady Edith jamás se le habría pasado por la cabeza consultar a alguien del vulgar gremio de los videntes. Era lo bastante lista para saber que la mayoría de esos vaticinios no eran sino timos. Pese a todo, Edith creía en el poder de la espiritualidad y en el significado profundo, a veces oculto, de los símbolos ancestrales. Hacía cinco mil años, cuando fue capaz de determinar la trayectoria de los astros en el cielo nocturno, el hombre se sometió al poder de esos cuerpos celestes e inventó la astrología. Asignó cualidades humanas a los planetas y proyectó la energía elemental de la persona en los cuerpos celestes. La Luna simbolizaba la feminidad profunda y el amor maternal; Marte se convirtió en el planeta del deseo de conquista masculino; Venus, en el astro bajo cuya influencia se desarrollaban el amor y el arte. Júpiter representaba la expansión interna y externa del hombre y pasó a ser símbolo de fortuna, mientras que Saturno, con su rigidez glacial, invitaba a detenerse, a ganar sabiduría con el sufrimiento y la privación. Aunque en lo tocante a los símbolos espirituales tenía algunos conocimientos, lady Edith estaba dispuesta a dejarse aconsejar por personas de su confianza.

Y la señora Rattle gozaba de la confianza de la duquesa. El esposo de Caroline había fallecido hacía años, y pese a todo, ella seguía manteniendo un estrecho contacto con él. Lady Edith había participado en una sesión de espiritismo en la que la viuda había hecho aparecer al señor Rattle mediante golpecitos.

Edith apoyó con delicadeza la mano en la palma de la señora Rattle, que respiró varias veces profundamente.

—Veo en las cartas que pronto trabará relación con una persona que todavía no se ha manifestado.

—¿De quién se trata?

La señora Rattle dedicó la máxima concentración a la mano de la duquesa.

—Sólo puedo ver la importancia especial que reviste esa persona. Para identificarla, tendrá que sacar dos cartas más.

—¿Debo extraerlas yo misma? ¿Por qué no lo hace usted?

—Es su interpretación, milady, su mirada personal tras el espejo. —La señora Rattle le ofreció los naipes del tarot en abanico—. No tenga miedo.

Lady Edith sacó una del centro.

—Dios santo —se le escapó a la duquesa.

Era el XVI, la Torre, un arcano rebosante de fuego, ojos abrasadores y dragones.

—¿Qué significa?

La señora Rattle señaló la carta con ademán tranquilizador.

—La Torre simboliza únicamente la ruptura de estructuras viejas, pero también el nacimiento de un nuevo sistema de valores. Un sistema fuerte, optimista, que se prepara para dominar el mundo.

—¿No podría vaticinar la Torre también mi hundimiento? —quiso saber lady Edith.

El gesto que hizo la señora Rattle indicó que no debía sacar conclusiones precipitadas.

—La carta apunta a esa persona que desea trabar relación con usted. La Torre lleva el número dieciséis en cifras romanas. ¿Cuál es la decimosexta letra del alfabeto?

Edith calculó mentalmente.

—La pe.

—Es importante que lo anotemos.

La señora Rattle dibujó una gran *p* en su bloc.

—Se lo ruego, saque otra carta.

Esta vez salió el Sol.

—Ah, qué bonito —observó, lanzando un suspiro, lady Edith.

—El símbolo del sol nos llena de afecto y seguridad —aclaró la señora Rattle, asintiendo—. En su caso representa la decimonovena letra del alfabeto, la ese.

La escribió asimismo en el papel.

En tensión, lady Edith confiaba en que el significado fuese esclarecedor.

—Se trata de alguien cuyas iniciales son las letras *p* y *s* —aclaró la señora Rattle tras una breve reflexión—. ¿A quién conoce a usted que encaje con esas iniciales?

—P. S. —repitió Edith—. No conozco a nadie. ¿No podría aludir a *post scriptum* e indicar que pronto recibiré correo?

—En estos casos, como es natural, existen varias interpretaciones posibles. Pese a todo, creo que tendría sentido que buscase usted a alguien con esas iniciales. Tal vez esa persona se ponga en contacto con usted en breve.

El abanico de lady Edith se movía a máxima velocidad.

—¿Usted cree? ¿De verdad?

—Mi experiencia me dice que eso será lo que suceda.

—P. S. —musitó Edith, con aire pensativo—. P. S. Mantendré los ojos abiertos.

Minutos después, la señora Rattle salió de la suite de la duquesa, bajó por la escalera a la planta baja y llegó al vestíbulo. Miró a su alrededor en busca de algo.

—¿La puedo ayudar? —El presuroso señor Sykes había reparado en la dama metida en carnes.

—¿Dónde puedo llamar por teléfono?

—Ahí mismo están las cabinas. —Sykes le señaló el camino—. Nuestra centralita la pondrá en contacto con quien usted desee.

La señora Rattle entró en una de las cabinas y levantó el auricular.

—Póngame con la señora Judy Wilder, por favor, aquí mismo, en el hotel.

Acto seguido se oyó una voz serena de mujer.

—¿Dígame?

—¿Judy? —preguntó la señora Rattle—. Solucionado.

—¿Dónde estás?

—En el hotel. Acabo de verla.

—¿Ha sacado las cartas adecuadas?

—Naturalmente.

—¿Me desvelarás cómo lo haces?

—Se requiere tacto. Lady Edith, además, es una médium estupenda. Se ha dejado guiar sin problema.

—¿Y te cree?

—Ahora al menos tiene un indicio de lo que trata de decirle el pentáculo. Reaccionará con predisposición a las iniciales *p* y *s*.

—Un trabajo excelente. Muchas gracias, Caroline.

La señora Rattle se volvió. Por el cristal de la cabina contempló el ajetreo vivaz de las personas del hotel.

—¿Y mi dinero?

—Luego, como acordamos.

—Llámame si necesitas algo.

—Por descontado.

Judy colgó. La señora Rattle salió de la cabina, se despidió del señor Sykes con una inclinación de cabeza y salió a The Strand, donde la gente paseaba bajo el sol.

17
Gris oscuro

Para demostrarse a sí misma que no era prisionera del Savoy, sino que tan sólo estaba supliendo temporalmente a alguien, por la noche Violet a veces se llevaba textos al desván y los corregía antes de quedarse dormida, apoyada en el hombro de John. Eran trabajos más cortos, reflexiones, viñetas, impresiones. No tenía tiempo para más. Se trataba únicamente de fragmentos, pero esas pequeñas muestras de su talento eran para Violet como una luz a la que seguir.

Un buen día, los relatos estuvieron listos, corregidos varias veces, pasados a máquina con esmero y reunidos en una carpeta. Violet tenía la impresión de estar burlando al hotel y haber logrado hacer algo a escondidas que valía la pena presentar a Max Hammersmith. Apenas se habían visto a lo largo de las últimas semanas. Estaba harta de explicar una y otra vez al paciente Max hasta qué punto la agotaba el día a día del hotel, que su verdadera vida se iba esfumando poco a poco ante sus ojos y que era esclava del Savoy.

Ese sofocante día de agosto, que posiblemente refrescara con una tormenta estival, Violet quería demostrar a su mentor, admirador y amigo del alma que, ante todo, era escritora y no exclusivamente la coordinadora de un establecimiento frecuentado por personas veleidosas. Cerró la carpeta, escogió un vestido de verano con lunares azules, dedicó más tiempo del que solía a maquillarse y se recogió el cabello con un camafeo de ámbar. El espejo le confirmó que, después de mucho tiempo, delante volvía a tener a Violet Mason, una artista con ideas osadas y una visión clara de la vida.

Violet podría haber cogido el coche del hotel, que tenía a su disposición; de todas formas, el chófer se aburría la mayor parte del tiempo y amenazaba con acabar con el automóvil a fuerza de sacarle brillo. Sin embargo, dejó que el vehículo siguiera en el garaje y fue hasta Regent's Park en metro. Mientras avanzaba por Great Portland Street tuvo la sensación de ser la de antes, de estar llevando de paseo a su verdadero yo. Como si de una medalla de honor se tratase, enseñó con orgullo al conserje su identificación de la BBC y dejó que la anunciaran a Max Hammersmith.

El respeto sobrio y la lealtad profesional con que trataban a Violet los empleados del hotel despertó en ella el deseo de la frivolidad absurda que había vivido a menudo con Max. Siempre que podía, éste se tomaba tiempo para ella. Max era un maestro en el arte de atraer a Violet de manera aparentemente inintencionada a lugares en los que podía prescindir de la distancia obligatoria que debía existir entre el jefe de la redacción y la escritora para poder besarla.

—Hola, Vi —la saludó la secretaria de Hammersmith—. ¿O debería decir *señora directora*?

—No seas boba. —Violet se rio—. ¿Está en su despacho?

—Max está en el estudio. Deberías haber llamado por teléfono.

¿Se equivocaba o percibía una actitud extraña y reservada en la secretaria? ¿Ya ni siquiera en la BBC se la veía como era, una persona de veinticinco años, sedienta de vida y sencilla?

—¿En qué estudio? —preguntó ya desde la puerta.

—En el B7. Pero no lo puedes interrumpir ahora.

Violet hizo como si no hubiese oído la última frase y se puso en camino.

El B7 era el estudio en el que se realizaban grabaciones de voz o música de cámara costosas. Recorrió algunos pasillos y vio desde lejos la luz roja encendida. Entró en la sala.

De golpe, allí volvía a presenciar todo lo que había echado de menos. El olor a aire viciado de cuando la gente pasaba horas junta en un sitio, fumando, sudando, demasiado ocupada para ventilarlo. La media luz de la central de mando, donde confluían y se grababan voces, sonidos y ruidos. El punto de luz sobre la mesa de mezclas, la gran mampara de cristal y, tras ella, la vida soñada, imaginada, representada de una comedia de radio. El mundo de una pieza radiofónica se recreaba en la cabeza del oyente, y la BBC hacía todo cuanto estaba en su mano para dar alas a la fantasía del público.

Seis actores se hallaban ante dos micrófonos, con el texto en las manos, cuatro hombres y dos mujeres. Los caballeros se habían quitado la americana y la corbata, gesticulaban con vehemencia y se gritaban. Las mujeres se metían por medio, descarada y aguda la una, seca y expresiva la otra. Más de uno tenía que contenerse para no estallar en carcajadas con la alocada comedia y se daba la vuelta hasta que le tocaba de nuevo. Cuando terminaban de leer el texto, dejaban caer sin más el papel, que planeaba sin hacer ruido hasta el suelo.

Además de los actores, había otra persona que insuflaba vida al mundo de la comedia tras el cristal: el bueno de Stolperheini. Era un dinosaurio de la BBC; Stolperheini hacía los sonidos desde que la radio existía. A su alrededor había desplegado sus herramientas. Cuando le daban el pie, cerraba dando un portazo a puertas que sólo constaban de dos tablas de madera y una bisagra, recreaba el crujido de los pasos, el viento o el romper de las olas. Stolperheini se crecía cuando le pedían un grifo que goteaba; un silbido corto, un plop con el dedo meñique, y uno habría podido jurar que en alguna parte había un grifo que perdía agua. Su imitación de un orangután era tan popular que incluso se incluía en piezas radiofónicas en las que no se le había perdido nada al animal. Hojas sonoras, sierras de cadena, motores de avión, Stolperheini los imitaba únicamente con la boca, y para el ruido que hacía una ventana al romperse golpeaba con el martillo un cajón lleno de cristales.

Violet no se dio cuenta en el acto, pero al cabo de unos minutos fue consciente de que allí se estaba grabando la comedia que tendría que haber escrito ella en un principio y que no había logrado sacar adelante. Dejó vagar la mirada por el cuarto en penumbra; cómo no, allí estaba Algernon, el responsable del guion; su encantador, enternecedor colega Algernon, capaz de verter en palabras cualquier emoción humana, de convertir cualquier malentendido en una comedia de situación; Algernon, tan tímido en su vida privada que en las fiestas o en el pub se quedaba al margen, cohibido, los brazos cruzados como serpientes enfermas de amor, que se dejaba crecer barba para ocultar su rostro afable; Algernon, en cuyas piezas radiofónicas se desplegaban todas las facetas del amor y que ni siquiera tenía novia.

—Hola, Algernon —saludó en voz baja Violet.

—Ah, Vi, ¿qué tal? —Cruzó los brazos.

—Una pieza excelente, enhorabuena. —Le enseñó el pulgar en alto.

—¿Sí? Bueno, gracias. —Sus brazos se anclaron como si no fuese a descruzarlos nunca.

Al dar un paso hacia atrás, Violet tropezó con una pierna.

—Conque vuelves a dejarte ver, ¿eh? —musitó Max.

—Hola, no te había...

—¿Estás espiando para ver lo que hemos hecho con tu comedia?

En mangas de camisa, se apoyaba en la mesa con una taza de café en la mano.

—No sabía que hoy se grababa justo esta pieza. —Levantó la carpeta—. ¿Tendrás unos minutos después?

—Deberías haber llamado. Hoy tenemos un jaleo de mil demonios.

—Aquí siempre tenéis un jaleo de mil demonios.

—Podré, como pronto, dentro de dos horas.

—Vaya, pues es una...

Violet se interrumpió para hacer un cálculo aproximado del trabajo que podía sacar adelante en esas dos horas en el Savoy. Aún tenía pendientes la organización de tres reuniones, una fiesta de cumpleaños, solucionar el problema de la electricidad y una crisis de personal en la cocina. Pese a todo decidió que prefería esperar a Max.

—De acuerdo, ¿dónde nos vemos?

—¿En la cafetería?

Por lo general, la cafetería era el último lugar donde Max quería reunirse con ella, ya que allí siempre había docenas de personas que lo acribillaban a preguntas. Pero Violet estaba conforme con todo.

—Bueno, pues hasta luego.

Se quedó unos minutos más escuchando la obra antes de salir del estudio B7.

—¿Llego tarde? —Violet iba corriendo hacia la cafetería. ¿Lo estaba haciendo esperar?

—Acabamos de terminar. —Max estaba en la puerta—. Por desgracia, esto está lleno.

—¿Por qué no vamos a tu despacho?

—Mejor no —respondió, sin dar explicaciones.

Mientras recorrían los pasillos en silencio en busca de una sala donde pudieran hablar sin que nadie los molestara, Violet pensaba cuál sería la mejor forma de empezar. Los pequeños relatos de sus vivencias no bastaban para llenar toda una emisión, pero quizá se pudieran incorporar a modo de fragmentos entre dos programas. A Violet se le hacía extraño tener que buscar un modo de iniciar la conversación; por lo general, Max empezaba contándole las novedades, le preguntaba cómo estaba y la alegraba con su encanto.

—Por lo visto hoy no es nuestro día de suerte —comentó tras comprobar que la tercera sala también estaba ocupada—. El aire fresco nos sentará bien.

Tomó un atajo en el gran vestíbulo, saludó con la cabeza al conserje y condujo a Violet fuera.

—¿Vamos a la calle? —preguntó, decepcionada.

—¿No te apetece fumar un pitillo?

—No, gracias.

Se detuvo en la escalera del edificio. Ante ellos discurría el tráfico.

—Tú no sueles fumar —añadió.

—Me temo que hoy necesito un cigarrillo.

—¿Qué pasa?

Max se quedó mirando los automóviles, que aminoraban la marcha en la curva entre Portland Place y Riding House Street y arrancaban de nuevo despidiendo malos olores. Los que iban en bicicleta serpenteaban entre ellos, el cochero de una cervecera alentaba a su caballo. Eso no se veía muy a menudo, barriles de cerveza que se transportaban a la vieja usanza atravesando Londres.

—¿Me has traído algo? —preguntó mientras sacaba un cigarrillo del paquete.

Ella extrajo del bolso la carpeta como si fuese un tesoro.

—Son unos textos breves, espero que te gusten.

Él cogió la carpeta.

—Los leeré en cuanto pueda.

—Ni siquiera te he dicho aún de qué tratan —contestó ella, desconcertada.

—¿Cuántas veces te lo tengo que explicar? Nunca cuentes lo que hay en un texto, deja que éste hable por sí solo. —Sonrió, pero Violet tuvo la sensación de que lo hacía para disimular.

Se oyó un retumbar lejano, unas nubes de un negro azulado se alzaron por detrás del edificio de la BBC.

—Puede que hoy caigan unas gotas.

Abrió el encendedor.

—O tal vez la tormenta pase de largo —dijo Violet.

—No me importaría que refrescara un poco. —Max contempló las nubes.

Violet vio que el extremo del cigarrillo se iluminaba.

—Max, ha pasado algo desde la última vez que nos vimos.

Él dio una primera calada.

—Tienes razón. —Dio la segunda—. Ha pasado Susan.

Violet dejó caer el bolso. Leyó en sus ojos que esperaba una réplica, una pregunta, pero como si no hubiese entendido lo que significaban esas palabras, clavó la vista en el cigarrillo encendido y en sus dedos, que jugueteaban nerviosos con el pitillo.

—Te estuve esperando mucho tiempo, de veras, Vi —prosiguió—. Te dejé claro en varias ocasiones lo que sentía por ti y lo que podría haber entre nosotros.

—Sí, es cierto, Max. —Su voz sonaba ajena, era como si estuviese entumecida.

—No me puse a buscar otras mujeres, por si es lo que crees, y desde luego nada más lejos de mi intención que devolvértela porque mantienes una relación con otro hombre. —Expulsó el humo—. Nada de eso va conmigo, pero Susan sí. Susan me ha calado hondo, por así decirlo. —Se encogió de hombros—. ¿Qué se le va a hacer?

El retumbar del trueno en el cielo introdujo una cesura.

—No se puede hacer nada —replicó Violet con acierto, si bien extrañamente lejos de ella misma.

En ese momento habría podido convertirse con facilidad en una de las figuras de piedra que adornaban el edificio de la BBC.

—¿Susan? ¿Qué Susan? ¿La conozco?

—No es de aquí, no es de los nuestros. Susan no tiene nada que ver con este oficio alocado.

—Y ¿a qué se dedica?

—No te lo vas a creer. —Dio la última calada—. Trabaja en palacio.

—¿En el palacio de Buckingham? —Él asintió—. ¿Es cortesana?

—Menudas cosas se te ocurren. —Se rio—. No, es la responsable del ala de invitados.

—Entonces tiene un trabajo parecido al mío —contestó Violet, y la asombró la facilidad con la que se podía restar importancia a la ruptura de una relación.

—Creo que os entenderíais bien. —Max tiró la colilla al suelo.

Violet quería saber más, preguntar más, averiguar dónde la había conocido, si ya se habían acostado, cuántos años tenía, quería seguir hablando, quería hacer lo que fuera para no tener que separarse de él, ya que tenía la sensación de que ésa sería la última vez que iba a verlo, de que se estaba despidiendo de él, de la BBC, de todo cuanto amaba y era su sueño. Cuando bajara esos escalones, su sueño se habría desvanecido para siempre. Y el Savoy habría vencido.

—¿Señor Hammersmith?

—¿Sí? —Max se volvió.

En la puerta estaba Rudy, el conserje. Violet tardaría en volver a verlo también a él.

—¿Qué ocurre, Rudy?

—Acaban de llamar, lo necesitan dentro.

—¿Dónde?

—En la sala de la orquesta.

—Diga que ahora mismo voy.

Rudy desapareció, y Max se encogió de hombros.

—Bueno...

Violet se lo quería poner fácil. Sus pensamientos estaban en la siguiente grabación, sus pensamientos estaban en Susan. Violet ya no tenía derecho a ocupar sus pensamientos.

—Eres estupendo, Max, siempre lo has sido. Te doy las gracias por todo lo que he podido aprender de ti. Te doy las gracias por tu amor, tu paciencia y tu franqueza.

Él dio unos golpecitos en la carpeta de Violet.

—Me miraré los textos en cuanto pueda, te lo prometo. Y después hablaremos de lo que podemos hacer con ellos.

—No hay prisa. —Sonrió como buenamente pudo.

—Gracias a Dios tu futuro no es motivo de preocupación. —Su sonrisa no era menos triste.

—Ya lo vaticinaste en su momento: me tocó el gordo.

Besó a Max, ¿por qué no? Él la abrazó. Sin decir más, desapareció por la puerta batiente, y acto seguido el reflejo del cristal lo engulló. Violet miró al cielo, la tormenta se acercaba, amenazadora y gris oscuro. Si conseguía llegar hasta el metro, quizá lograse escapar de ella. Pero ¿para qué? ¿Por qué no caminar bajo la lluvia? Paso a paso, Violet bajó los escalones hasta la calle mientras caían las primeras gotas.

18
La extremaunción

—Esto es un hombre que está por la noche en casa con su mujer —decía el presentador—. De pronto, suena el timbre y va a abrir. En la puerta hay un tipo que dice: «Soy el estrangulador del Soho». El marido se vuelve y suelta: «Querida, es para ti».

Los hombres prorrumpieron en francas y sonoras carcajadas, la risa inquebrantable que provoca el mal ajeno. El presentador lo contó abriendo graciosamente los pies en abanico. En las filas de asientos tapizados con un terciopelo ya muy sobado del Broadway Vaudeville, uno de los teatros de variedades más antiguos de Inglaterra, había algo más de una veintena de personas, hombres casi sin excepción, todos sin trabajo. Sus esposas o bien esperaban en casa o habían mandado fuera a sus medias naranjas para que se distrajesen. La crisis económica no se arredraba ni siquiera ante el que en su día fuera un elegante destino vacacional en la costa sur de Inglaterra y sin duda tampoco ante el Broadway Vaudeville.

Violet ni siquiera se quería sentar. Medio oculta por

una columna, estaba de pie detrás de la última fila viendo cómo su padre ejercía su oficio. Éste sabía tocar magistralmente las teclas de los sentimientos bajos y espolear la pusilanimidad y la infamia del público con su comicidad. Allí, en aquel lugar venido a menos que no merecía llamarse *teatro*, se encontraban las raíces de Violet. Allí arriba estaba la estirpe de la que procedía, la mezcla de talentos mediocres que distinguía a su padre. El miedo de ser como él había hecho que Violet saliera de Weymouth. Normalmente no quería enfrentarse a ese hecho, al contrario, solía hacer todo lo posible por ignorar esa verdad. Sin embargo, aquel día la respuesta a las preguntas de Violet se hallaba a tan sólo un viaje en tren desde Londres.

Siempre que sentía que su vida iba cuesta abajo, cuando se creía rodeada de muros y puertas cerradas, había una persona en el mundo que la entendía. Esa persona no había vivido más que fracasos a lo largo de toda su vida, su mascota era lo imposible; su visión, el refugio. Ralph Mason nunca había logrado seguir el camino adecuado, y precisamente por eso nunca había conseguido alcanzar ningún objetivo. Su realidad era la mentira; el elixir de su vida, la ginebra.

Mientras las risas continuaban, Ralph cogió impulso para asestar el siguiente golpe bajo.

—Un amigo me contó que las medidas de su mujer eran noventa, cuarenta y cinco, noventa. «Caramba», dije yo, «ésas son las medidas perfectas». «Sí», me contestó, «la otra pierna es exactamente igual».

Recorrió el proscenio bailoteando con ligereza, se

quitó el sombrero rojo y sonrió. La luz mortecina del escenario iluminó su rostro abotargado. Ahora tenía a la gente donde quería tenerla, ya no se le escaparía. Haciéndose oír por encima de las risas exclamó:

—¿Cuál es el peso ideal de una esposa? Un kilo cincuenta y ocho... ¡sin la urna!

En el foso, el pianista dio un toque de fanfarria, y el público le regaló un aplauso.

Violet dejó la sala y por la puerta del escenario entró en las entrañas del Broadway Vaudeville. Olía a maquillaje, sudor y matarratas. El telonero le lanzó una mirada, por lo demás, nadie se preocupó de la intrusa en aquel mundo perdido.

En el escenario, Ralph se preparaba para el final.

—Muchas gracias, damas y caballeros, han sido un público encantador. De camino a casa les voy a pedir que piensen en esto: si tienen una hermana fea y flaca, ya pueden hacer lo que quieran porque no tendrán cuñado.

Una fanfarria triple, Ralph presentó el siguiente número y salió del escenario dando brincos. El aplauso final ya se había apagado antes de que llegara a la mesa de la utilería, donde tenía la botella. Ralph le dio un vigoroso trago.

—Buen público el de hoy —comentó a una niña del ballet que se preparaba para salir—. La gente participa, incluso entiende las cosas que exigen esfuerzo. —Risueño, le dio una palmadita en el trasero a la pequeña, que ni siquiera se volvió.

—Hola, Ralph. —Violet salió de entre los bastidores.

Él no se mostró sorprendido en lo más mínimo con la presencia de su hija.

—Anda, mira, si ha venido a verme mi niña.

—No soy tu niña.

—¿Lo has visto? —Dio otro sorbo generoso—. ¿Has oído al público? Un público excelente, y eso que es martes. —Levantó la botella de ginebra medio vacía a la altura de los ojos—. Aaah, después de dar un trago así uno es una persona completamente distinta. —Le guiñó un ojo—. Le daré un poco a la otra. —Y volvió a beber.

—Te invito a cenar. ¿Qué opinas, Ralph?

Le miró el labio leporino, que era una parte considerable de su capital cómico. Cuando lo levantaba, Ralph hacía reír de verdad.

—No tengo hambre.

—Tienes que comer algo decente de vez en cuando. —Al ver que él vacilaba, añadió—: También habrá bebida, claro.

—Música para mis oídos.

—¿Necesitas mucho rato para cambiarte?

Se quitó con brío el bombín rojo.

—Ya estoy.

Violet se quería ir de inmediato, pero él la retuvo cogiéndola del brazo.

—Dentro de una hora salgo de nuevo a escena. Para entonces tendremos que estar de vuelta.

—Muy bien.

Informó al telonero de que salía a comer algo. El hombre prometió que le daría el recado al director de la gira.

Ralph salió junto a su hija.

—Nunca en mi vida he salido a escena tarde. ¿Te lo he dicho alguna vez?

—Unas cien.

Mientras empujaba la puerta hacia fuera, el pianista empezó a tocar *I love to go swimmin' with women*. Las seis integrantes del ballet salieron al escenario dando saltitos y recibieron una calurosa bienvenida.

Aunque pertenecía al condado de Dorset, la ciudad de Weymouth era considerada un lugar popular de veraneo de la clase media de Londres desde hacía seiscientos años. La localidad contaba con una playa de arena que parecía no tener fin y que, cuando bajaba la marea, se convertía en una marisma gigante. Durante el día, muchos veraneantes iban a coger cangrejos, a los que les gustaba enterrarse en la arena. Después podían pedir que se los prepararan en la cocina de los hoteles. Por la noche, la famosa torre del reloj del jubileo, en el centro de la ciudad, constituía el corazón del paseo marítimo, por el que en ese momento Ralph y Violet se dirigían al Black Dog, el pub que estaba más cerca del teatro.

—¿Qué sucede? —preguntó él sin rodeos apenas se hubieron sentado—. ¿Qué problema tienes?

—¿Quién te ha dicho que tengo un problema?

—Es el único motivo por el que te dejarías caer por aquí o por cualquier otro sitio de mierda de nuestro reino de mierda donde tengo el honor de entretener a imbéciles y palurdos.

—Baja la voz —pidió ella.

—¿Te avergüenzas de tu padre? —repuso sarcástico, risueño—. Porque, si es así, no hace falta que me invites a cenar, princesa.

Violet no conocía una existencia más desoladora que la de Ralph. Se iba haciendo viejo, nunca había sido capaz de ahorrar, estaba solo, bebía, era cínico y no tenía remedio. A pesar de todo, su padre nunca había aceptado un solo penique de Violet. A lo largo de todos aquellos años jamás le había pedido ayuda. «Ésa no es manera de comportarse —justificó—; primero os dejo a tu madre enferma y a ti en la estacada y después acudo a ti a gorronear.» Por el contrario, para Violet, Ralph era algo así como un profeta en la desgracia. Cuando la desgracia amenazaba con hundirla, iba en su busca, como ese día, en ese momento. Mientras Ralph se tomaba su primer whisky y acto seguido le servían el rollo de carne picada, Violet se desahogaba. Habló de John, de Max y de su propia indecisión.

—Los hombres, vaya —fue el único comentario que hizo Ralph al respecto.

Ella le habló de la BBC y del teatro, pero sólo cuando pasó a ocuparse del hotel dio la impresión de que despertaba el interés de Ralph.

—Eso es malo. —Cogió un poco de puré de patata con el tenedor y lo miró con recelo, como si creyese que contenía veneno—. Es lo peor que le puede pasar a alguien.

—¿Qué es malo?

—Perder el lucero vespertino.

—¿Qué lucero vespertino?

—Ay, marinero de agua dulce. Cualquier hombre de

mar entendería en el acto lo que quiero decir. Mientras tiene delante el lucero vespertino, un hombre es capaz de manejar el barco de su vida, puede fijar la dirección y no perder el rumbo. Pero cuando pierde de vista el lucero vespertino, su barco está destinado a naufragar.

—¿Cuál es mi lucero vespertino, Ralph? —preguntó a ese hombre que acababa de contar en público las obscenidades más primitivas.

—Hija mía, tú no sabes vivir sin crear. Son muy pocas las personas que necesitan que ése sea el elixir de su vida, pero tú, princesa, eres una de ellas. Si te arrebatan la creatividad, tu lucero vespertino, tu barco irá directo al arrecife más cercano, no lo dudes.

—¿Es porque me he visto obligada a dejar la BBC? ¿Te refieres a eso?

—Olvida la BBC. —Se sacó de la boca un pedazo de cartílago—. Me refiero a que no puedes vivir como un ricachón ni como un burócrata. Me refiero a que le den al Savoy, a que lo mandes todo al carajo. No has nacido para estar en una jaula de oro. Si lo de la BBC se ha acabado de verdad, tendrás que encontrar otra cosa, siempre que se trate de algo creativo. —Dejó el tenedor a un lado—. Me parece una canallada que tu abuelo te haya destrozado la vida.

—Larry no es un canalla.

—Entonces ¿por qué no te conoce mejor? ¿Por qué no sabe que con ese testamento acaba contigo? ¿Por qué no te deja en herencia unos miles de libras para que asientes las posaderas y puedas escribir algo grandioso, una novela, por ejemplo?

—Me bastaría con lograr escribir una pieza radiofónica.

—Escribe lo que te plazca, lo principal es que salga de aquí, ¿entiendes? —Golpeó con fervor a Violet en la frente—. De ahí ha de salir, y del corazón. —Apuró el segundo whisky y se recostó en la silla—. Santo cielo, si yo tuviera tu talento, menudo cómico habría sido. Me habrías podido admirar en el Royal Albert Hall, pero, por desgracia —eructó—, por desgracia, el mío no da para más que unos cuantos chistes de tetas y culos, y a veces ni siquiera tienen gracia.

Violet guardó silencio pensativa; Ralph parecía cansado. A su alrededor, el murmullo de los comensales los arrullaba.

—Casi no has comido —observó al cabo.

—No puedo. Últimamente todo me sienta mal a la mínima.

—¿Te pasa a menudo?

—Constantemente.

—Tienes que ir al médico.

—¿Cómo quieres que vaya si cada dos días actúo en una ciudad distinta?

Casi con timidez, Violet sacó un billete del bolso.

—Me gustaría darte algo para que pudieras ir al médico.

—Guárdatelo, princesa. —Le agarró con fuerza la mano que sostenía el dinero—. Si no me pasa nada, no necesito ningún médico. Y si me pasa, prefiero no saberlo. Lo más probable es que los pocos años que me quedan sean una mierda, igual que los anteriores. No hay ningún motivo para que los médicos prolonguen este triste sufrimiento.

—No digas eso.

—Y tú no seas tan santurrona. —Levantó risueño el labio leporino—. Sabes que es así. Para mí ya no hay nada; en el fondo, todo acabó hace mucho tiempo. —Se puso de pie de repente—. Ha estado bien que hayas venido a ver a tu anciano padre. Me ha alegrado el corazón.

—¿Ya te tienes que ir?

—Salgo a escena, princesa. ¡Allá voy! —Se abrochó el botón de la chaqueta—. ¿Te he dicho alguna vez que nunca he faltado a una actuación, ni una sola vez en mi vida?

—Ay, papá.

Violet pagó la comida.

Antes de dirigirse hacia la salida, Ralph se volvió hacia los comensales del pub.

—¿Saben aquel del hombre que se coge tal curda que se cae en la calle borracho perdido? —Los comensales, sorprendidos, dejaron de comer—. El tipo está tan hecho polvo que los transeúntes van a buscar a un cura para que le dé la extremaunción. Y el hombre va y le dice al cura: «Por el amor de Dios, encima no me llene de pringue».

Mientras escuchaba las risas de la gente, Ralph salió del bar. Violet echó a andar tras él, con la sensación de que su padre le había sido de ayuda.

19
CUATRO MIL SETECIENTOS ONCE

—¿Dónde estabas?

—Perdí el último tren.

La señorita Pyke aguardaba en la puerta de dos hojas, a contraluz, lo cual le confería una suerte de corona.

—¿El último tren desde dónde?

Violet estaba agradecida a Dorothy, ya que sin ella se habría hundido más aún en el cenagal de la rutina. Pero al mismo tiempo le costaba aguantar la escrupulosidad de aquella mujer. Siempre a la moda, como un pincel, no se le escapaba ni la más mínima irregularidad, señalaba meticulosamente todos los problemas. Y eso que Violet se alegraba de que la señorita Pyke en cierto modo ejerciera de mediadora entre las dos partes de la familia. Aunque a veces volvía enfadada, con las mejillas encendidas, después de reunirse con Henry, en general Dorothy mantenía la escindida directiva del Savoy en un delicado equilibrio.

—He estado fuera de Londres —adujo Violet.

—No es asunto mío dónde pasas las noches, pero estaba preocupada. No te podía localizar.

La señorita Pyke se situó delante del escritorio.

Violet se quitó la chaqueta.

—Fui a ver a mi padre.

Dorothy se volvió.

—En el hotel todo el mundo cree que tu padre murió.

—Y es mejor así.

—¿Dónde vive?

—Aquí y allá. ¿Qué importancia tiene eso? No forma parte del Savoy. No forma parte de esta vida.

Violet se dejó caer en la silla. La señorita Pyke había hecho equipar un gran despacho nuevo, con mobiliario nuevo, lámparas nuevas, incluso un teléfono moderno con cuya ayuda se podían mantener varias conversaciones a la vez. Para sus adentros, Violet echaba de menos su pequeño agujero con olor a humedad de la planta baja, pero, como cabía esperar, Dorothy tenía razón: la directora del Savoy necesitaba un lugar de trabajo que la pudiera representar.

—¿Por qué me buscabas?

—Larry ha despertado esta madrugada.

Violet se estremeció de tal modo que no se pudo levantar.

—¿Se ha despertado? ¿Y cómo se encuentra? ¿Has ido a verlo?

—Por la mañana, nada más enterarme.

—¿Qué dice? ¿Qué dice mi abuelo?

La señorita Pyke se acercó a ella.

—¿Vi?

—Dime, ¿qué sucede?

—Larry ha perdido el habla.

Violet se sentó a su lado. Dorothy la había acompañado al hospital, pero se había quedado fuera. El reencuentro, la alegría, la estupefacción y la emoción de que pudieran volver a verse. Violet se propuso no pensar en antes, no hacer comparaciones —antes sir Laurence, el audaz empresario, el rostro del Savoy, el hombre de peso, el hijo de inmigrantes que había coronado la cima de Londres—, debía hacer a un lado a todos los Larrys que había conocido, en días que ya no contaban. Ahora sólo existía la persona canosa que tenía delante, el cuerpo enflaquecido, el prisionero. Ya no había otro.

Había pasado algún rato cuando, de pronto, Larry se puso nervioso. Empezó a crisparse, la mano izquierda palpaba a su alrededor. Violet llamó a la enfermera y a Dorothy.

—¿Qué le pasa?

—Quiere escribir —informó la enfermera.

—¿Puede...? ¿Puede escribir?

La enfermera depositó en el regazo de Larry una carpeta firme y un bloc del que se podían arrancar hojas. A continuación le puso un lápiz en la mano, uno grande, con una mina gruesa, que no se podía partir con facilidad. Y él empezó.

A Violet se le saltaron las lágrimas. El anciano estaba completamente inmóvil, ése era el único recurso con el que contaba su cerebro para escapar del estatismo: su mano izquierda. Cabeza y rostro, hombros y brazos, la parte inferior del cuerpo, todo paralizado, pero en la mano izquierda latía un poco de vida y movimiento; en la mano izquierda y en el ojo derecho. Verlo resultaba inquietante, ese rostro de rasgos entumecidos con el ojo derecho vivo. El globo ocular se movía a un lado y a otro, contemplaba a Violet y a Dorothy, contemplaba su propia mano, el ojo controlaba lo que escribía la mano. Esas dos partes que se habían salvado de lo que quedaba del agarrotado sir Laurence tomaban contacto con la vida.

Al cabo de un rato, Larry le ofreció el bloc a Violet. Había escrito:

«Hola, Vi».

Sólo dos palabras. Ella se echó a llorar a moco tendido.

—Hola, abuelo. Cuánto me alegro de verte...

Mientras la enfermera salía de la habitación, Larry levantó la mano y señaló a la mujer del traje azul marino.

—Sí, he venido con Dorothy —asintió Violet—. Siempre te ha sido leal. Y ahora también me lo es a mí.

La mano quería de nuevo el bloc, y escribió:

«Las dos juntas, bien».

—Sí, está bien, Larry. Juntas nos ocupamos de tu hotel. No te preocupes.

La mano escribió:

«Estoy preocupado por ti».

—Yo estoy bien. Con mucho trabajo, claro.

La mano escribió:

«Gracias, Vi».

—No sabes cuánto siento que estés tan enfermo, Larry.

La mano se estiró un tanto y le acarició el antebrazo a Violet.

—Pero has despertado, y eso es lo que importa. Seguro que pronto te encuentras mejor.

La señorita Pyke entró en el campo visual del ojo derecho.

—Descubriremos al culpable, sir Laurence.

—¡¿Se puede saber qué estás haciendo?! —exclamó Violet indignada—. Déjalo tranquilo.

La frase que pronunció Dorothy causó un efecto claro en la mano, en el ojo.

La mano escribió:

«¿Descubrir?».

—Averiguaremos lo que sucedió de verdad, señor. No fue un ataque al corazón por causas naturales, ¿no es cierto? —Dorothy se sentó junto a Violet en el borde de la cama—. ¿No es cierto, sir Laurence?

Violet esperaba atemorizada la reacción del enfermo. Indecisa, la mano se detuvo en el aire. Dorothy arrancó la primera hoja del bloc y puso ante Larry una en blanco.

—¿Fue un ataque al corazón? —preguntó de nuevo.

La mano escribió:

«No».

La mano se paró. La mano escribió:

«El perfume».

El ojo derecho estaba con Violet y Dorothy, el ojo se movía a un lado y a otro, el ojo les hablaba. Parecía querer gritar literalmente lo que acababa de decirles.

—¿Qué perfume?

La mano se acercó el papel. La mano escribió cuatro números.

Ambas mujeres se inclinaron sobre él.

—4711 —leyó Dorothy—. ¿Qué significa esto?

—Agua de colonia. —Violet le quitó el papel—. ¿Te refieres al agua de colonia, abuelo?

La mano asintió levantando un dedo.

—Uno no se envenena con agua de colonia.

La mano pareció enfadada con aquella ridícula respuesta y dio unos golpecitos en los números.

—Ayúdanos, Larry. ¿Qué nos quieres decir?

La mano empezó a escribir.

«Otto.»

La mano siguió escribiendo.

Henry Wilder logró hacer pasar su arrugada cara de niño por una marquesota y se puso una corbata de color beis. Quería dar la imagen de alguien que infundía respeto, pero la cabellera rubia surtía el efecto contrario. Violet nunca lo había visto bien peinado. Siempre tenía un mechón de punta, que delataba el deseo de Henry de querer estar en cualquier otra parte. Violet rara vez había estado en la residencia privada del matrimonio, donde Henry atesoraba y mimaba su colección de relojes. Debía de tener miles: de bolsillo, de pesas, de sobremesa, mecanismos a los que había que reparar el volante. Lo que más le gustaba a Henry era colocarse la lupa en el ojo y manipular sus tesoros con unas herramientas minúsculas. A cada hora en punto, en su casa se desataba la locura cuando cientos de relojes empezaban a sonar.

El talento de Judy residía en conferir a su marido con su presencia la autoridad que a él le faltaba. Violet admiraba esa cualidad en ella, siempre manteniéndose en un segundo plano y otorgándole, con su admiración, un carisma que en realidad él no poseía.

—Debemos informar a Henry —dijo Violet cuando Dorothy y ella salieron de la habitación del enfermo.

Violet llevaba en el bolso un montón de papeles en los que Larry había escrito con la mano izquierda sus conjeturas, su acusación.

—¿Por qué quieres incluir en esto a esos dos? —Dorothy iba por el pasillo junto a Violet.

—Henry es el hijo de Larry.

—Quizá sea importante que precisamente el hijo de Larry no se entere de lo que su padre nos ha confiado.

Violet se detuvo de pronto.

—No, Dorothy, no. Por el amor de Dios, eso es absurdo. No estoy dispuesta a creer tal cosa.

—¿Acaso ves otra solución? —preguntó la señorita Pyke.

—No, no y no. —Violet continuó caminando—. Mira a Henry: ¿crees que sería capaz de desarrollar semejante plan? ¿O Judy, esa mosquita muerta cuyo único cometido en la vida es admirar al bobo de su esposo?

—No subestimes a Judy.

—Basta, Dorothy. A alguien que planea algo así le importa el poder. ¿Crees a Henry capaz? A Henry le da miedo el poder. Lleva cincuenta años huyendo de él, ¿por qué iba a querer ostentarlo ahora? Sería parricidio, Dorothy, estás hablando de parricidio.

Esa misma tarde fueron juntas a ver a Henry y le desvelaron la sospecha que albergaba su abuelo. De entrada acordaron ocuparse del asunto internamente. Y en presencia de Judy debatieron si comunicárselo a Oppenheim. Era un asunto de familia, opinó Henry, de manera que también Violet se mostró dispuesta a no ampliar el círculo de quienes estaban al corriente.

Se reunieron los cuatro en el despacho de Henry, o lo que era lo mismo, en el despacho de sir Laurence.

Todo seguía como todo el mundo lo conocía, la mesa enorme, la luz azul y blanca que entraba por el ventanal, los cuadros de Larry, el globo terráqueo de Larry, el mueble bar de Larry. Aunque el Joven Henry había insistido en ejercer de comodín en el refugio de su padre, no se había atrevido a cambiar ni la más mínima cosa en las estancias.

—Buenos días, Otto —saludó Henry cuando la señorita Pyke hizo pasar al ascensorista.

—Buenos días, señor. —Otto sostenía el gorrito en la mano.

—En primer lugar quiero que sepas que las preguntas que te vamos a hacer no tienen nada que ver con tu persona o con tu comportamiento.

—Entiendo, señor. —La mirada de Otto los recorría.

—Para el tema que nos ocupa, debemos retroceder unas semanas. Concretamente hasta junio.

—Junio, señor. —Otto asintió con gravedad.

—Estamos interesados en los días previos a que mi padre, sir Laurence, sufriera su primer ataque al corazón.

Se veía que Otto estaba buscando la mejor respuesta posible.

—Al personal al completo le entristece enormemente que sir Laurence se encuentre tan mal —repuso al fin.

—Es de agradecer. —Henry bajó la mirada, parecía concentrarse—. Lo que queremos saber es lo siguiente... —Carraspeó—. A fin de cuentas era contigo con quien... —Henry enmudeció.

Judy se situó a su lado en dos pasos.

—Lo que quiere decir el señor Wilder es que era contigo con quien mi suegro solía montar en el ascensor.

—Es cierto. Sir Laurence casi siempre utilizaba el número tres.

—Y mientras subíais a la quinta planta, ¿conversabais? —continuó Judy.

—No siempre. Pero cuando sir Laurence me hablaba, yo respondía, naturalmente.

—¿Tenía mi suegro alguna costumbre mientras subía contigo en el ascensor?

—¿Costumbre, señora Wilder? —La mirada de Otto era franca pero atenta.

—Durante esos minutos ¿solía hacer siempre lo mismo o algo parecido?

—No entiendo bien.

—Veamos, podría, por ejemplo, limpiarse las gafas de sol —aclaró Judy—. O encenderse un puro o simplemente mirar al techo de la cabina, como hacen las personas que se sienten incómodas cuando están con desconocidos en un espacio tan estrecho.

—Sir Laurence nunca se sentía incómodo —contestó Otto—. A veces... no sé... a veces se enderezaba la corbata ante el espejo o se quitaba el sombrero.

Dorothy se volvió hacia Violet con mirada inquisitiva. Ésta negó con la cabeza.

—O sí... —recordó Otto de pronto—. Sí que había algo.

—¿El qué? —Judy volvió a situarse detrás de su esposo.

—Sir Laurence siempre se echaba un poco de agua de colonia, ¿saben? El perfume que colocamos en los ascensores en la época calurosa del año. Se daba unos toquecitos con él en la nuca.

—¿Siempre?

—No lo podría jurar, pero durante el periodo de calor, desde luego, lo hacía siempre.

—¿Quién rellena los frascos de agua de colonia? —prosiguió Henry.

—Nos encargamos nosotros, señor, los ascensoristas.

—¿Significa eso que tenéis la llave de los almacenes?

—No. Nos abre la señora Drake.

—Otto, lo que te voy a preguntar ahora es extremadamente importante. En los días que precedieron a la crisis de sir Laurence, ¿se produjo algún incidente en tu ascensor relacionado con el frasco de colonia?

—¿Un incidente, señor? —Otto levantó la barbilla.

—¿Lo manipuló alguien durante tu turno?

—¿A qué se refiere?

La dureza de mollera de Otto estaba impacientando a Violet.

—Es una pregunta muy sencilla: ¿hubo alguien en tu ascensor, ya fuera un huésped o un miembro del personal, que utilizó el frasco de manera distinta a la prevista? ¿Que lo abriera, quizá?

—No lo sé, señorita Mason. —Otto dio un paso atrás de manera involuntaria.

—¿Pudo alguien hacer algo así mientras tú no estabas en el ascensor? A veces ayudas a la gente a bajar o le llevas las compras a su habitación a una dama, ¿no es así?

—Es mi obligación, señorita Mason. El señor Sykes nos ordena que lo hagamos.

—Y está bien que lo hagáis —contestó ella—. Pero, durante esos segundos, a veces minutos, el ascensor se queda solo.

—Cuando yo no estoy se queda solo, naturalmente.

—Por consiguiente, alguien podría subirse a él y manipular el frasco, ¿no es así?

—No sé por qué habría de hacerlo —respondió Otto—. Sólo contiene agua de colonia. ¿Qué iba a hacer nadie con el agua de colonia?

Henry levantó la mano.

—Otto, como bien sabes, en una ocasión acudiste a mí para confiarme algo.

—Es cierto, señor.

—¿Recuerdas lo que me dijiste?

—Le hablé del señor Brandeis.

—Y ¿por qué me hablaste de él?

—Porque murió.

Mientras Otto contaba que el señor Brandeis le había preguntado muchas cosas sobre sir Laurence, sobre su carácter y sus costumbres, Violet se acordó de pronto de la escena que había presenciado en el Salón Nightingale. Eran las tres de la madrugada, el pianista en solitario, el hombre con acento extranjero que mantenía una conversación con la duquesa de Londonderry... Otto había interrumpido a ese hombre, le había entregado una carta. Acto seguido el desconocido se había marchado. Y había aparecido muerto un día después, tras caer por la ventana.

—¿Subía a menudo el señor Brandeis a tu ascensor? —preguntó Henry.

—Varias veces al día.

—¿Utilizó el frasco de colonia?

—De eso no me acuerdo.

—¿Es posible que hiciera algo con él?

—De veras, señor, no me acuerdo.

—Pero puedes ver lo que pasa en el ascensor por el espejo. ¿Cómo se comportaba Brandeis?

—Con absoluta normalidad.

Violet intervino por segunda vez.

—¿Qué te llevó entonces a informar sobre el señor Brandeis? ¿Por qué fuiste a hablar con el señor Wilder?

Otto miró al hombre que estaba detrás del escritorio como pidiendo ayuda.

—Bueno..., pensé que como el señor Brandeis había muerto de manera tan repentina y tan violenta...

—¿Tan violenta? —lo cortó Violet.

—Desafortunadamente, quería decir, tan desafortunadamente. —Otto daba vueltas al gorrito en las manos.

—Una cosa no tiene nada que ver con la otra —repuso Violet—. El señor Brandeis te preguntó por sir Laurence y poco después murió. ¿Cómo se relacionan ambos hechos?

—No lo sé.

—Me refiero a qué te movió a contarle eso al señor Wilder.

—Pensé que quizá fuera importante. —Otto miró a Judy.

—¿Por qué?

—Porque sir Laurence enfermó de pronto.

—Eso significa que abrigabas una sospecha, ¿no es así? —insistió Violet—. Sospechabas que el señor Brandeis podía tener algo que ver con la repentina enfermedad de mi abuelo, ¿no?

—No. ¿Por qué?

—¿Por qué si no ibas a acudir a él?

La señorita Pyke, que hasta ese momento había seguido el interrogatorio en silencio, salió en ayuda de Violet.

—Dices que el señor Brandeis se interesó por las costumbres de sir Laurence. Yo conocía al señor Brandeis, importaba tabaco. ¿Por qué le iban a interesar los hábitos del director del hotel?

—No lo sé.

—Brandeis se cayó por una ventana del hotel. Poco después, sir Laurence sufrió un ataque al corazón. ¿Te pareció extraño de alguna manera que coincidieran ambos incidentes?

—No... —Otto balbucía—. No lo sé.

—Sin embargo, algo debió de llamarte la atención. —Dorothy se iba acercando a Otto paso a paso—. De lo contrario no le habrías comunicado tu sospecha al señor Wilder.

—No sé qué quiere usted de mí —espetó Otto—. Ya se lo he contado todo. —Miró a los ojos a la señorita Pyke con obstinación—. Tommy siempre me aconseja que mantengamos la boca cerrada. Ojalá le hubiera hecho caso.

Antes de que la señorita Pyke pudiera seguir hablando, Judy dio un paso minúsculo hacia delante.

—No te preocupes, Otto. No has hecho nada malo —dijo con suavidad—. Nadie te está reprochando nada. Gracias por responder a nuestras preguntas.

Dorothy se volvió hacia Judy con cara de sorpresa. También Violet clavó la vista en ella.

—No tenemos más preguntas, ¿no es así? —Judy miró a su marido.

—No. Así es. —Unió las manos en la mesa—. Gracias, Otto. Vuelve al trabajo.

—Gracias, señor. —Aliviado, Otto salió del despacho.

Violet se levantó de un salto.

—¿Cómo que no tenemos más preguntas? Es evidente que el muchacho sospecha que existe una relación entre la enfermedad de Larry y...

—Y el señor Brandeis —asintió Judy con calma—. Y precisamente por eso no tenemos más preguntas que hacer a Otto. Porque el señor Brandeis está muerto. No nos puede decir nada sobre este asunto.

—Tal vez tuviese un jefe.

—Claro, existen numerosas posibilidades. Pero ¿quién nos podría ayudar a este respecto? —Judy le puso la mano en el hombro a Henry—. Sólo tenemos las palabras que ha escrito como ha podido un hombre que se ha quedado paralizado y que probablemente nunca vuelva a hablar. —Tras ejercer una leve presión en el hombro de Henry, éste se levantó—. ¿Nos vamos, cariño?

Cuando se pusieron en movimiento, Violet observó el mechón rebelde del pelo de Henry.

20
UN CORAZÓN PARALIZADO

Violet recorría los pasillos, las salas, las habitaciones como el fantasma de un castillo que no quería asustar a nadie. Había renunciado a intentar dormir. Permaneció despierta un rato junto a John, que tenía la molesta costumbre de cerrar los ojos y quedarse dormido en el acto, y después salió de la buhardilla. Corredores, salas de reuniones, cuartos, aquella casa enorme con su intrincada arquitectura no tenía fin. En la primera planta se topó con Tommy, el limpiabotas. Ya llevaba algunos zapatos en su saco, e iba recogiendo más a medida que pasaba por delante de las puertas.

—Buenas noches, señorita Mason —saludó.

—Buenos días, Tommy.

—¿La puedo ayudar en algo?

—No, Tommy, gracias.

Continuó caminando sin hacer ruido por las alfombras densas como la hierba del Savoy. Evitó el vestíbulo, ya que el recepcionista de la noche también le habría preguntado si deseaba algo.

¿Fue la música la que la apartó de su camino o fue la letra?

Puedo darte la luz de las estrellas
un amor inmutable y real
puedo darte el océano
tierna y profunda devoción.

Era la primera vez que oía cantar al pianista. Alguien había mencionado que el joven era brasileño. Violet se detuvo en el umbral del Salón Nightingale; había sido el señor Brandeis, la noche anterior a su muerte. Eran más de las dos de la madrugada, en los reservados no quedaban muchos huéspedes, las conversaciones eran lejanas.

«*Puedo darte las montañas* —cantaba el pianista mientras el cabello le caía por el rostro—. *Lagos del más brillante azul. Sólo llámame y seré todo lo que tú me pidas. Música en primavera, flores para un rey; todo esto te traigo.*»

Violet se sentó a la barra. El barman estaba acomodado entre botellas y copas y daba la sensación de que no veía el momento de que se marcharan los últimos rezagados. Dirigió una mirada cansada a la mujer que quería pedir algo a esas horas. Cuando la reconoció, se levantó de un salto.

—Señorita Mason —la saludó—. ¿Qué puedo hacer por usted?

—Me gustaría tomar algo.

—Un momento, por favor. Aquí tiene la carta.

—No hace falta. Sírvame un Tanqueray.

El barman se puso a trabajar con dedos ágiles, y segundos después Violet tenía delante lo que había pedido, además de un platito con *weeds*, los palitos de queso creación del Savoy.

—Si desea algo más...

La mirada ausente de Violet le dijo que delante tenía a alguien que quería que la dejasen en paz.

Desde hacía días, Violet intentaba no pensar en el hecho de que se había separado de Max. ¿Separado? Al fin y al cabo nunca habían estado juntos. El recuerdo embellecía aquella única noche casta, tierna; su abrazo, su amabilidad, los susurros a la luz de la vela, cuán bello y fácil había sido todo. Pero Max había conocido a otra, a una que tenía tiempo para él y sabía apreciar lo que valía. A Violet le pertenecía la parte del león de negocios, pero la habría cambiado con gusto por una única idea alocada, un trabajo que tuviera sentido. Habría cambiado sin vacilar todo cuanto poseía por Max. No porque lo quisiera mucho, sino porque personificaba la vida de Violet, le verdadera, la tan esperada. No quería una existencia en la que el barman se asustara porque su jefa lo sorprendía en un descuido. No quería que todo el mundo la saludara como si fuera la princesa del Savoy, quería ser joven e insignificante. Aún tenía mucho que aprender, quería luchar y ascender gracias a sus esfuerzos. Su padre estaba en lo cierto, Violet no valía para estar encerrada como un pájaro en una jaula de oro. Estando medio borracho, le había dado el mejor consejo del mundo: «Mándalo todo al carajo».

—Todo —musitó.

—Buenas noches.

Un caballero vestido con un traje negro y el cabello peinado hacia atrás con descuido había entrado discretamente.

—¿Tendría la bondad de darme una cerilla? —preguntó al barman al mismo tiempo que señalaba el puro que llevaba en la mano.

Violet lo miró con el rabillo del ojo. No sabía quién era, pero a pesar de eso tenía la sensación de haber visto a ese huésped antes.

Mientras el barman le daba fuego, el hombre reparó en la mirada de Violet.

—Disculpe, espero no haberla molestado.

—Naturalmente que no. —Violet volvió la cabeza.

—Un whisky escocés —pidió él—. Solo.

Sin poder quitárselo de la cabeza, Violet dejó la copa en la barra.

—Perdone, pero ¿no nos conocemos?

El hombre esbozó una sonrisa satisfecha.

—¿No solemos ser nosotros los que formulamos esa pregunta?

—Se lo ruego, ayúdeme a resolver mi duda.

El desconocido pidió por señas un cenicero.

—Sí, está usted en lo cierto.

—Pero ¿cuándo nos hemos visto? Y ¿dónde?

El barman le sirvió la copa al hombre.

—Tuvo usted la amabilidad de dignarse bailar conmigo. Si mal no recuerdo, fue una rumba. —Levantó el vaso.

—Ah, sí, el baile. —Brindó con él esbozando una sonrisa—. Le pusimos empeño, ¿no le parece?

—Me halaga que lo recuerde. ¿Qué tal le va, señorita Mason?

Por un momento se estremeció.

—¿Me conoce?

—No personalmente, pero como cliente habitual de este establecimiento ha llegado a mis oídos quién es la nueva directora. ¿Qué tal está su abuelo?

—Hace progresos —fue la evasiva respuesta de Violet.

Le habría gustado seguir manteniendo el anonimato con aquel hombre. Ahora la conversación empezaba a ser demasiado personal para su gusto.

El hombre se percató de que ella se apartaba.

—Disculpe mis modales. Me llamo Viktor Kamarowski.

—¿Se suele hospedar en nuestro hotel, señor Kamarowski?

—Para mí son las semanas más bellas del año, cuando me puedo alojar en el Savoy.

Violet bebía su Tanqueray; él fumaba y daba sorbos al whisky. La conversación de esos dos desconocidos podría haber terminado ahí, pero algo en Violet se resistía. ¿Acaso no era el interlocutor ideal? Una persona con la que no compartía nada, a la que no debía nada, que desconocía el dilema en el que se encontraba. Un desconocido que había acabado por casualidad en el Salón Nightingale de madrugada, un hombre que quería tomarse un whisky y al que muy probablemente no volvería a ver. ¿Cómo le podía dar a entender que no se había cansado de conversar con él? Violet le hizo una seña al barman para indicarle que quería otra copa.

—Parece usted pensativa, señorita Mason —comentó Kamarowski.

—No sólo pensativa —respondió Violet, alegrándose de que él tomara la iniciativa.

—¿Qué le preocupa?, si me permite la pregunta.

—Estoy exhausta.

—Lo cual es comprensible, a estas horas.

El hombre tenía unos ojos poco comunes. Con la luz que había era difícil determinar el color, lo llamativo en ellos era que no parecían mirar hacia fuera, sino literalmente absorber la imagen que se les ofrecía. ¿Veía Violet bondad en ellos? No. ¿Veía sabiduría? Tampoco. Sin embargo, creyó ver un conocimiento similar al que encontraba en la mirada conocedora de más de un santo de los cuadros renacentistas. Quizá sólo deseara que fuese así porque se sentía asediada, porque apenas era capaz de distinguir a los amigos de los enemigos y temía ahogarse en esa incertidumbre.

El anciano al que tanto quería se acercaba al final de sus días en el hospital. El hombre dinámico al que amaba había renunciado a ella y seguía su propio camino. El hombre leal del que estaba enamorada no parecía ser el hombre de su vida. Esas habitaciones, que supuestamente le pertenecían, no eran suyas. La profesión que desempeñaba la alejaba más de su vocación con cada día que transcurría. En esa situación, en la que sentía que todo estaba mal, le daba la sensación de que estaba bien confiar sus pensamientos a un desconocido.

—Si de verdad lo quiere saber... —Violet se interrumpió en el acto.

No, nada de hablar del mal de amores, decidió, nada de quejarse de su suerte, que le había regalado riqueza y lujo, aunque a ella no se le ocurriese nada mejor que luchar contra su destino.

—Estaba pensando en venenos —contestó Violet al fin.

—¿Venenos? —Kamarowski cogió el puro, que se había apagado, y prendió una cerilla—. Jamás lo habría adivinado.

—¿Está familiarizado usted con los venenos, señor Kamarowski?

Durante un instante a sus ojos asomó una chispa de desconfianza. ¿O era la llama de la cerilla, que él apagó de un soplido?

—Lo cierto es que en mi juventud establecí contacto con ellos.

—¿A qué se debe?

—Mi padre tenía una droguería en Budapest. Por sus manos pasaban multitud de sustancias venenosas. Si se les da un mal uso, se pueden causar muchas desgracias con ellas.

Violet esbozó una sonrisa satisfecha. ¿Quién habría

dicho que recibiría precisamente de ese desconocido una respuesta tan interesante?

—¿Existe algún veneno que se pueda absorber por la piel?

—Existen muchos venenos de ese tipo.

—¿De veras? —Violet se volvió del todo hacia él—. Nunca había oído hablar de ellos.

—Se denominan *venenos de contacto*. Como le digo, ha pasado mucho tiempo, pero así, a bote pronto, me viene a la cabeza el ácido fluorhídrico. Tiene un efecto muy corrosivo en la piel y las mucosas, y debido a su agresividad debe conservarse en recipientes de acero inoxidable.

—No, eso sería demasiado evidente —respondió Violet—. Estoy pensando más bien en un veneno que actúe de manera alevosa y lenta. Uno cuya presencia sea difícil de probar.

Kamarowski la miró con una expresión de curiosidad y escepticismo.

—Acónito —respondió tras pararse a pensar un tanto—. El acónito se considera la planta más venenosa de Europa, una sustancia verdaderamente alevosa. —Se quedó mirando el humo que ascendía del puro—. El veneno se encuentra en casi todas las partes de la planta, por eso es tan peligroso para los niños. El principio activo se llama, si mal no recuerdo, *aconitina*. Se absorbe aunque no haya ninguna lesión en la piel. Si hay heridas pequeñas o entra en contacto con las mucosas actúa con mayor rapidez aún. Unos pocos gramos de acónito concentrado bastan para provocar fallos cardiacos y paros respiratorios. —Kamarowski dejó el puro a un lado y cruzó los brazos risueño—. Qué tema de conversación tan inusitado del que hablar en un bar a las dos de la madrugada. ¿Por qué le interesa a usted?

A Violet le pareció que la segunda copa estaba bastante cargada. Evitó la pregunta de Kamarowski formulando otra:

—Entonces, si usted quisiera envenenar a alguien, ¿emplearía acónito?

—Cielo santo. —La miró con recelo—. Lo cierto es que no me gustaría envenenar a nadie.

—Claro que no. Pero si fuese necesario, si no tuviera más remedio, ¿por qué veneno se decidiría usted?

Kamarowski apuró el whisky y cogió el puro sin decir palabra.

—¿Lo he ofendido? —preguntó Violet al ver que se disponía a marcharse.

—No, señorita Mason, pero preferiría no contestar a su pregunta sin saber adónde quiere ir a parar.

—Tiene usted razón, disculpe. —Negó con la cabeza—. Ha sido una necedad por mi parte.

Él titubeó.

—El veneno de serpiente es más peligroso todavía —replicó Kamarowski al final—. Si tuviese malas intenciones contra alguien, creo que utilizaría veneno de serpiente concentrado. Paraliza el corazón y la víctima pierde la vida en muy poco tiempo.

—Un corazón paralizado. —Violet se quedó mirando su copa vacía—. Un corazón paralizado. Eso es.

21
EL FINAL DE LA CANCIÓN

Kamarowski estaba en la puerta.

—Vístete.

Gemma Galloway se volvió despacio.

—¿Por qué? No hay nada que no hayas visto ya.

Él se acercó a la ventana y descorrió las cortinas.

—Confiaba en poder disfrutar de unos rayos de sol, pero me imagino que hará otro día asqueroso pasado por agua. —Observó a la mujer que estaba desnuda en la cama—. Tú tampoco es que estés radiante.

La mujer se echó la sábana por la cabeza.

—Todavía no me he maquillado. —El pie, desnudo, se le quedó destapado—. *Tu ne sais pas comment traiter une femme*. No sabes cómo tratar a una mujer.

—Déjate de bobadas.

Clavó la vista en el Támesis. En la orilla se veían las primeras hojas, el otoño se acercaba.

—Cualquiera que tenga oídos sabe que no eres francesa. Levántate.

Sacó la cabeza de debajo de la sábana y se apartó del rostro un mechón de pelo.

—No me gustas, ¿lo sabías?

Kamarowski se dejó caer en la butaca.

—¿Cuánto hace que se ha ido el muchacho?

—¿Otto? Horas. ¿Acaso crees que le dejo pasar la noche aquí?

—¿Qué te ha contado?

—Nada bueno. Está nervioso.

Él sonrió con desdén.

—Estoy seguro de que habrás encontrado maneras de aplacar su nerviosismo. ¿Qué te ha contado?

—Lo han sometido a un interrogatorio cruzado.

Kamarowski asintió.

—Por culpa de Brandeis. Ya lo he oído. Es lamentable.

—Otto no sabía qué decir.

Con aire pensativo, Kamarowski sacó un puro del estuche, pero no lo encendió.

—Dicen que sir Laurence ha empezado a hablar. Dicen que cuenta cosas peligrosas.

Gemma estiró las piernas bajo la sábana.

—Resulta incomprensible que el viejo siga vivo, con la dosis que le administré.

—Lo cierto es que tenía pensado dejar en paz al anciano a partir de ahora. En realidad habría preferido que entregara el alma él mismo, pero por desgracia ya no es posible.

—¿Por qué?

—Porque su nieta está empezando a hacer conjeturas con el veneno. —Abrió una botella de agua—. Se pregunta cuál sería la forma más segura de envenenar a alguien. —Kamarowski bebió directamente de la botella—. En cuanto se entere el detective del hotel será demasiado tarde para intervenir. Oppenheim siente una lealtad ciega por sir Laurence. Lo siguiente que pasará es que tendremos a la policía en el Savoy. Y eso es algo que hay que evitar.

Gemma se levantó.

—¿Quieres que me encargue de él? —Pasó por delante de Kamarowski mientras se dirigía al cuarto de baño desnuda.

—¿Ir tú al hospital? Sería demasiado arriesgado.

—Entonces ¿a quién quieres enviar? —preguntó Gemma desde dentro del baño.

—No te preocupes. —Kamarowski oyó que tiraba de la cadena.

—Y ¿qué va a ser del muchacho?

—¿Otto? Es de fiar y hace bien su trabajo. Que lo siga haciendo.

A Kamarowski se le habían quitado las ganas de fumar, así que se guardó el puro en la cigarrera.

John estaba delante de su nuevo cuadro. Le dolía la mano, llevaba horas pintando. Había amanecido hacía rato, y tenía que ir a trabajar. La noche anterior se había dado cuenta de que Violet se había ido de la buhardilla sin hacer ruido. Después no había podido volver a conciliar el sueño y había empezado a pintar.

Ahora estaba bebiendo cerveza. Siempre tenía cerveza, pero no en botellines. Cada semana acudía al bar con un cubo, pedía que lo llenasen y bebía una semana entera de él. Para pintar se ponía el peto. Los tirantes se le pegaban a los hombros, sudaba. Hacía una mañana fresca, pero John tenía calor. Notaba la desesperación de Violet, el dilema, el callejón sin salida en el que se hallaba. Era infeliz y disimulaba mal su infelicidad. John pintó a Violet como la veía, un cuadro deslumbrante en índigo y azufrado, con cinabrio, púrpura y todos los matices de negro. En el cuadro de John no se apreciaba el parecido con Violet, y sin embargo era ella, de eso no cabía la menor duda. Estaba tocando el violín. Y aunque, en realidad, Violet no sabía tocar el violín, a John sólo le importaba expresar su pasión. Era una persona apasionada. Y como en ese momento no encontraba la manera de expresar esa pasión, se sentía sumamente infeliz. En el cuadro, el violín iba perdiendo color en la mano de Violet, el negro amenazaba con engullirlo.

John estaba pensando en el fondo del cuadro. ¿Cuál era el trasfondo de Violet? Pintó un sombrero rojo para el que no tenía explicación. John nunca le había dicho a Violet que sabía lo que la afligía, la mayor parte del tiempo guardaba silencio. Antes, el silencio que compartían era un manto con el que se cubrían y que los protegía. Sin embargo, de un tiempo a esa parte, se alzaba entre ellos como si de un muro se tratase. Aquella noche le enseñaría el cuadro. Era la expresión de su amor. John presentía que se hallaban en el otoño de su relación. Que llegaría un momento en el que Violet ya no subiría a verlo, quizá cuando cayera la primera nieve del invierno, quizá incluso antes.

El cuadro estaba terminado. John sumergió los pinceles en trementina y los limpió con un trapo que había hecho con una sábana vieja. Cabía suponer que en algún momento en ese trapo se encontrarían todos los colores, pero el resultado era un marrón sucio. Si se mezclaban demasiados colores, el resultado no era colorido, sino sucio. La vida de Violet se había vuelto sucia, pero John nunca habría sido capaz de decírselo.

Colocó los pinceles ordenadamente, se bajó los tirantes del peto y se lavó. A continuación se puso la camisa y la chaqueta, cogió la caja de herramientas y se fue a trabajar.

¿Ruidos, palabras o una canción? No cabía duda de que era una canción. ¿De dónde salía? Larry estaba escuchando una canción en un lugar en el que normalmente no se oía nada, no se distinguía nada, no se hacía nada. Se sentía en un umbral, no habría podido describirlo mejor. Pero nadie se quedaba eternamente en un umbral, era un lugar de transición, tras él daba comienzo la zona ocupada. Ocupada por la muerte. Sir Laurence intentaba ver a la muerte. ¿Era la muerte una idea, era algo concreto, se hallaba quizá en esa canción? Se trataba de una vieja canción alemana que

Larry no oía desde hacía décadas. Se la cantaba su abuela. Veía sus graves ojos castaños. De pequeña había sufrido polio, tenía la pierna izquierda más delgada que la derecha. Su abuelo la llevó literalmente a Inglaterra, primero en tren, luego en barco, hasta que llegaron a Londres. Su abuelo y su abuela aprendieron a pronunciar sus nombres alemanes en inglés, trabajaron con ahínco y se convirtieron en ciudadanos británicos. Cuando se hizo mayor, su abuela pasaba la mayor parte del tiempo tendida en una otomana y recibiendo visitas. Cuando Larry estaba a su lado, también podía utilizar la otomana, y tumbados en ella atendían las visitas los dos juntos. Su abuela sufrió una muerte prematura, a Larry le ocultaron que había llegado su hora. Y tras su muerte, su abuelo empezó a beber, golpeaba espejos con la frente y se cortaba los brazos con los fragmentos.

«No es soledad —le confesó a su nieto—. Es sólo que no tengo a nadie.» A Larry lo incomodaban esos abrazos anegados en lágrimas. Justo un año después de que falleciera su abuela, su abuelo murió también, el mismo día de septiembre. Hacía tiempo que sir Laurence no visitaba su tumba. Ya no iba a ser necesario, pronto lo llevarían ante sus abuelos con el debido respeto.

Sólo había dos formas de morir, pensaba Larry, o el corazón dejaba de latir o la respiración cesaba. El corazón o los pulmones, se decía, las demás formas de morir eran secundarias. Era incapaz de imaginar que dejaba de respirar, prefería seguir cantando un poco.

Esa canción que no se le iba de la cabeza. Larry apenas dominaba ya la lengua alemana. Aunque siempre saludaba a los huéspedes alemanes en su idioma, ya no pensaba en alemán. No obstante, esa canción le resultaba familiar. La cantaba como un niño que no entendía nada y, sin embargo, intuía lo que expresaba la letra.

«Fue como si el cielo hubiera besado en silencio a la tierra, y ésta, en un estallido de flores, soñar con él sólo debiera. El aire acariciaba los campos meciendo las espigas levemente, un susurro suave en los bosques, tan estrellada era la noche.»

Larry escuchaba la canción. A decir verdad tendría que haberla oído todo el mundo, ya que la estaba cantando a pleno pulmón. El hospital entero debería haberla oído.

Bajó el ojo hasta verse la mano. Los dedos le temblaban. Era la señal. Significaba que la mano había oído la canción. No estaba solo, no había enmudecido, cantaba a pleno pulmón y con toda la dicha que era capaz de sentir. Quería hacerlo más a menudo a partir de ese momento. El final de la canción era lo más bello, sin duda. Tal vez no se hubiera cantado nunca nada más hermoso.

«Y así mi alma desplegó ampliamente sus alas, voló por tierras calladas como si volviera a casa.» La mano se detuvo. El ojo se cerró. Así estaba bien. Sí, así por fin estaba bien.

Tercera parte

22
Paulo

Violet entró en el comedor, no en el elegante salón de los huéspedes, con el papel pintado de color bronce, las cortinas azul cobalto y las flores en las mesas, sino en la cantina del personal. A fin de cuentas también los empleados del Savoy tenían que comer en algún momento. Sus jornadas estaban divididas en turnos y contemplaban un descanso de media hora. Puesto que la plantilla al completo nunca descansaba a la vez, la cocina podía atender a los empleados *de continuo*, por así decirlo. Si a los huéspedes se les servía en el salón salmón con salsa al enebro, rosbif marinado con vinagreta a la naranja y tartar de ternera con caviar, a los mozos y a las camareras, a los ascensoristas, a las secretarias y a los porteros se les ofrecía un menú sencillo: sopa de verduras, carne con guarnición y fruta.

Rara vez el comedor estaba repleto, y tampoco era así aquel día. A Violet le habían dicho dónde podía encontrar a Paulo Campos de Melo a esa hora, y allí estaba.

—Buenas tardes. —Violet se detuvo ante una mesa

que estaba en un rincón—. ¿Le importa que me siente con usted?

Cuando se dio cuenta de quién era la persona que se dirigía a él, el joven pianista dejó la cuchara en el plato.

—Señorita Mason. —Se retiró la servilleta de la pechera de la camisa y se levantó—. En absoluto. Por favor, siéntese.

Violet acercó una silla.

—Gracias, Paulo. ¿Le parece bien que lo llame Paulo?

—¿He hecho algo mal, señorita Mason? —preguntó él preocupado—. ¿Es por el repertorio? Demasiado melancólico, ¿no?

—¿Su repertorio? ¿Por qué? Pero, se lo ruego, siga usted comiendo.

—El programa podría ser más alegre, lo sé. —Cogió obedientemente la cuchara.

—Creo que lo que toca usted es precioso —lo tranquilizó Violet—. Por desgracia, rara vez tengo ocasión de escucharlo.

—No hace mucho estuvo allí. —Un atisbo de sonrisa—. Sentada a la barra.

—Sí, lo recuerdo. Tocó usted una canción nueva, ¿cómo era? «*Tierna y profunda devoción...*»

—Se titula *I can give you the starlight*.

—La cantó con mucha sensibilidad.

—La escribió Ivor Novello.

—¿La estrella de cine?

Paulo asintió.

—¿De qué quería hablar conmigo, señorita Mason?

—Del señor Brandeis.

—¿Quién?

—Era uno de nuestros huéspedes. Se hospedó aquí a principios de verano. Afirmó que ustedes dos se conocían.

Paulo se paró a pensar un instante.

—Lo siento, pero no me acuerdo de ese señor. En una noche larga tocando el piano, son muchos los huéspedes que vienen a hablar conmigo, ¿sabe? Hablo con ellos y, si lo desean, toco su canción preferida.

Violet asintió decepcionada, pero no se dio por vencida.

—El señor Brandeis hablaba con acento. Tenía el pelo oscuro, y era muy bien parecido. Debió de hablar largo y tendido con él, porque sabía algunas cosas de usted.

—¿Por ejemplo...?

—Que es oriundo de Brasil y que, en realidad, es concertista de piano.

Paulo tomó una cucharada de sopa y bajó la cabeza, en silencio.

—¿Qué le pasa?

—Señorita Mason, me gustaría serle sincero: no soy concertista de piano. Nunca lo he sido.

—¿Acaso no le contó al señor Brandeis que en su país prácticamente se moría de hambre y que fue una suerte encontrar trabajo en el Savoy?

—Sí, me alegro de tener este empleo. Pero lo cierto es que ni me estaba muriendo de hambre ni he estado nunca en Brasil.

Entre risueña y perpleja, Violet prorrumpió en una risotada.

—¿Cómo dice?

—Mi padre es brasileño, de ahí mi nombre, pero yo nací en East London. Mi padre falleció. Y a mi madre la voy a ver una vez a la semana.

—No lo entiendo. Entonces ¿por qué va contando...?

—Yo tampoco sé por qué lo hago. —Apartó el plato—. O sí, sí lo sé. Desde que les hablo a los huéspedes de la triste infancia que viví, me dejan más propina. Es como si los señores y las señoras que visitan el Salón Nightingale tuviesen remordimientos de conciencia porque, mientras que ellos nadan en la abundancia, yo me veo obligado a tocar el piano toda la noche. —Se irguió—. Lo siento, señorita Mason. No volverá a pasar.

Violet escudriñó al pianista negando con la cabeza.

—Así que es usted un joven avispado que se aprovecha de la compasión que inspira a nuestros huéspedes. —Dio un golpe en la mesa fingiendo estar enfadada—. Paulo, es una vergüenza. Es... —Se echó a reír—. Es fenomenal. Una idea brillante.

De pronto, se puso de buen humor al ver que en su noble hotel pasaban cosas divertidas, alocadas y, sobre todo, contra las normas del establecimiento.

—¿En serio? —respondió él, un tanto acobardado.

—¿Quién lo contrató? ¿El señor Sykes?

—No, su abuelo en persona. Tuve que tocar para sir Laurence. Y creo que le gustó.

—Mi abuelo. —Violet recobró la seriedad—. Paulo,

debemos retomar el asunto del señor Brandeis. Se lo ruego, intente hacer memoria: decía que estaba de luna de miel.

—Ah, se refiere a ese caballero... Sí, lo recuerdo. —Paulo se puso de pie—. Discúlpeme, por favor, pero entro a trabajar dentro de unos minutos y todavía no he terminado de comer.

—Claro, perdone que lo esté entreteniendo.

—Sólo será un momento.

Paulo llevó el plato de sopa a la ventanilla, recibió el segundo y volvió deprisa.

—¿Qué hay hoy? —preguntó Violet con los ojos abiertos como platos.

—Ternera con coles de Bruselas.

—Tiene buena pinta.

—¿Quiere probar?

—No creo que pueda. —Miraba el plato.

—¿Por qué?

—Las raciones están contadas.

—Permítame, señorita Mason...

Paulo se acercó de nuevo al pasaplatos y explicó al pinche quién estaba sentada a su mesa. Segundos después apareció con una ración generosa de carne con coles.

—Gracias, Paulo, es todo un detalle. Creo que no he comido nada desde el desayuno. —Hambrienta, Violet comenzó a comer.

Qué bien le sentaba disfrutar de una comida así, en ese comedor... Una comida que iba con ella. La ternera con coles de Bruselas la hacía sentir como en casa, de un modo muy especial.

Paulo cortaba la carne en trozos pequeños.

—Ese señor, no sabía que se llamaba Brandeis, era un tipo raro. Aquella noche estaba un poco bebido y soltó muchos disparates. Dijo que iba a cerrar un negocio a lo grande en el Savoy.

—¿Un negocio? Creía que estaba de luna de miel.

—Afirmó que lo de la luna de miel era una tapadera —respondió Paulo entre bocado y bocado—. No sé si sería verdad, como le he dicho, había bebido bastante.

—Para cerrar un negocio no hace falta una tapadera.

—Contó que al cabo de poco se uniría a él una rubia despampanante y que entonces su tapadera sería perfecta.

—Y en ese momento le contó usted su conmovedora historia del concertista de piano brasileño o que pasaba hambre, ¿no es así?

—Me temo que así fue.

Violet pinchó con aire pensativo una col de Bruselas.

—Así que aquella noche se vieron las caras dos buenos mentirosos.

—¿Mentirosos? —La palabra lo desconcertó.

—No pasa nada, Paulo, me ha ayudado usted mucho.

—Señorita Mason, tiene ahí... —Se señaló el labio superior.

Violet se limpió un poco de salsa con la servilleta.

Aún era temprano. Violet había terminado la mayor parte del trabajo y quería salir a tomar un poco de aire fresco. Una brisa tibia y agradable soplaba por el Támesis, pero los días eran visiblemente más cortos. Por primera vez desde la primavera, Violet llevaba puesta la gabardina de color claro, «la gabardina de la BBC», como la llamaba ella, porque era la vieja prenda que solía ponerse entonces, cuando andaba todos los días con prisas. Soltando un suspiro, se metió las manos en los bolsillos. Por lo visto se había dejado algo dentro de uno de ellos, algo pegajoso, que no tenía muy buena pinta: un trozo de chocolate. Con el calor del verano había perdido la forma. Violet tiró aquella pelota tan desagradable en la franja de hierba que crecía junto al bordillo.

Un instante después, un bulto blanco y negro se abalanzó sobre la pelota de chocolate. El bulto la devoró, y a continuación fue detrás de Violet, se plantó delante de ella y la miró con ojos suplicantes.

—¿Se puede saber qué eres?

Era difícil decir de qué raza era el chucho, lo más probable era que se tratara de un cruce de terrier escocés con beagle. Era negro, blanco y también marrón, subía y bajaba las orejas descontroladamente, y tenía el rabo redondeado y curvado hacia arriba. Cuando Violet le habló, el animal se levantó sobre las patas traseras.

—Eres un perro listo. Ha sido un placer conocerte.

Continuó andando.

El animal fue tras ella.

—No tengo nada más, lo siento.

El perro no la creyó y comenzó a gimotear.

—No tengo más chocolate. —Para demostrarlo, se dio la vuelta a los bolsillos—. Adiós.

Antes de llegar al puente de Blackfriars, Violet se metió por Temple Avenue, el camino más corto al hospital. El perro se quedó sentado un momento y después comenzó a seguirla. Violet hizo como si no lo viera, pero al final se volvió.

—Vas a acabar perdiéndote. Seguro que tu dueño te está buscando.

Se percató de que, aunque sí llevaba collar, el perro no tenía chapa.

—¿Dónde está tu chapa?

El animal se le acercó, y ella se agachó y lo acarició. Debajo del collar tenía el pelo enredado, pero el perro no parecía abandonado ni sucio.

—¿Eres un perro callejero que no tiene dueño? ¿O es que te has escapado?

El chucho ladeó la cabeza como si así pudiera entender mejor a Violet.

—Es peligroso andar por las calles sin chapa. Hay unas personas despiadadas, se llaman *perreros*. Si te cogen, acabarás procesado en una lata de comida.

Como si supiera de quién le hablaba, el perrillo gimoteó de nuevo.

Violet lo acarició y se levantó.

—Ahora sé bueno y vete a casa.

Dio unos pasos rápidos y creyó haberse librado de él.

Fleet Street ya no estaba muy lejos. Al volver la cabeza, vio que el animal había cambiado de acera y avanzaba en paralelo a ella hacia el transitado cruce. Violet trató de no prestarle más atención.

23
Trudy

—Ya sé que aquí no pueden entrar perros.

—Entonces ¿lo entiende? Su perro se tendrá que quedar fuera —afirmó la enfermera.

—Pero es que este perro no es mío.

Violet vio que el animal miraba a la enfermera con escepticismo.

—Ha venido con usted.

—Ha venido detrás de mí. Desde el Támesis.

—Son más de tres kilómetros.

—Es un perro perseverante.

La enfermera la miró con una expresión autoritaria que casi siempre surtía efecto.

—Debo pedirle que lleve al perro fuera.

Alguien llegaba por el pasillo.

—¿Señorita Mason?

Violet se volvió.

—Hola, doctor Hobbs. —El médico reparó en el perro, y ella levantó las manos para indicar que lo sentía—. Lo sé. Y lo lamento.

—Le he dicho expresamente a la señorita Mason

que aquí no pueden entrar perros —terció la enfermera.

El doctor Hobbs apenas reparó en el chucho.

—¿Puedo hablar con usted un minuto?

—Claro. ¿Cómo está mi abuelo?

—Por aquí, por favor.

Abrió una puerta.

—¿Y el perro? —dijo la enfermera.

El doctor Hobbs hizo un gesto de fastidio y dejó pasar a Violet y a su nuevo acompañante.

Violet quería sacudirse la conmoción. Estaba sentada al lado de Larry, con el perro junto a la cama. Anochecía. Su abuelo había estado muerto. El doctor Hobbs se lo había comunicado con el tacto que requería la situación. Su corazón había dejado de latir durante tres minutos, pese a lo cual el doctor había continuado con la reanimación. Si el cerebro no recibía sangre durante un periodo de tiempo determinado, era de temer que se produjesen daños. Al cabo de tres minutos, el corazón había vuelto a empezar a latir.

—No sabemos cómo se encontrará ahora —observó el doctor Hobbs.

—¿Está despierto?

—Estuvo inconsciente varias horas, y ha despertado hace poco.

Violet había ido a la habitación con el doctor Hobbs,

quien no había dicho nada del perro, que no se separaba de ella.

—Lo cierto es que su abuelo se estaba recuperando —prosiguió el doctor—. Aunque su parálisis no tiene vuelta atrás, en general había mejorado.

—¿Y el paro cardiaco?

—En un caso como el suyo, la explicación no siempre se encuentra en la medicina. También son muy importantes las ganas de vivir del paciente.

—Larry tiene unas ganas de vivir irrefrenables —aseguró Violet.

—Hable usted con él.

El doctor Hobbs se marchó sin mirar al animal.

Larry tenía el ojo abierto, pero su mirada parecía estar muy lejos de allí; la mano izquierda, sin vida. Violet empezó a contarle cosas del día a día del hotel. Que le había sorprendido lo buena que estaba la comida del personal; le habló de la consistencia de la carne de ternera, de lo frescas que eran las coles de Bruselas. Le mencionó las cifras de ocupación, que lady Edith ya había anunciado su tercera visita al Savoy. Y que habían tenido que hacer malabares para dejar libre la suite con mirador para la duquesa.

Había pasado media hora y Larry aún no se había movido ni una sola vez. Violet temía quedarse sin temas de conversación. El perro, que al parecer se aburría, se estiró y bostezó ruidosamente. Profirió una especie de chirrido estridente, excesivo para la habitación de un hospital.

Como si hubiese recibido una descarga eléctrica,

Larry cobró vida. El ojo miró a un lado y buscó el origen del ruido.

—¿Qué pasa, abuelo?

El ojo se puso nervioso al no poder descubrir lo que quería ver. La mano izquierda entró en juego, se movió.

Violet se puso de pie.

—¿Qué me quieres decir?

La mano hizo una señal. El dedo índice se extendió. Cuando entendió lo que quería, Violet dio la vuelta a la cama y situó el bloc delante de Larry. A continuación le colocó el lápiz entre los dedos.

La mano comenzó a escribir.

«¿Es *Trudy*?»

—¿Quién es *Trudy*?

La mano quería empezar a escribir de nuevo cuando el perro ladró. Violet no lo había oído ladrar hasta ese instante. Un perro ladrando en un hospital era algo impensable, quería prohibírselo. A Larry, sin embargo, el sonido pareció alegrarlo. La máscara en que se había convertido su rostro adoptó una expresión atenta y curiosa.

La mano escribió.

«Trudy Trudy Trudy.»

—¿Te refieres al perro? Es macho, no creo que se llame *Trudy*.

La mano escribió.

«Yo tenía cinco años. *Trudy*.»

—¿Tenías un perro?

El dedo índice lo negó. La mano escribió.

«Mi abuela.»

—¿El perro era de tu abuela?

Violet se dio cuenta de que, desde la posición en la que estaba, Larry difícilmente podía ver al animal, de manera que se agachó y sostuvo en alto al macho blanco, negro y marrón, que dio con las patas delanteras en la sábana.

En ese momento se operó un cambio insólito en el ojo de Larry. El rostro sin vida, la tez cenicienta, el cabello cano, desgreñado, todo seguía igual, excepto por la luz, el calor que asomó en el ojo derecho, toda la alegría que podía dormitar en el enfermo parecía irradiarla ese ojo. Violet esperó unos segundos para ver si se estaba engañando. Su abuelo había estado muerto, lo habían obligado a volver a la vida, y ahora fantaseaba con un perro de su infancia. ¿Qué veía, qué sentía, qué reconocía en realidad?

El animal se puso nervioso en brazos de Violet, que intentaba retenerlo. Clavaba las uñas en la sábana. Violet observó el ojo de Larry. «Suéltalo —decía—, anda, suéltalo.» El deseo del ojo era inconfundible. Violet soltó al animal, que se subió a la cama en el acto, resbaló con las patas traseras, se agarró con firmeza a la sábana con las delanteras, pataleó y avanzó y zarandeó al paralítico. El perrillo le dio un buen meneo a sir Laurence hasta que finalmente se tranquilizó. Se tumbó con medio cuerpo en el vientre de Larry y el otro medio al lado, y se quedó mirando el ojo vivo. Las miradas de ambos coincidieron.

Nadie que no lo hubiese visto lo habría creído, pero

dio la impresión de que Larry hallaba paz en la mirada del perro. El cuerpo caliente de pelo hirsuto, el morro húmedo, la cama con las sábanas blanquísimas y el hombre paralizado; no, a su abuelo no lo había visitado la muerte, pensó Violet, allí se había instalado la paz. Allí había nacido algo.

La mano de Larry tardó un rato en acariciar al animal. Los dedos fueron conquistando poco a poco el desgreñado lomo y se deslizaron por él, una y otra vez. Al final, el dedo índice de Larry señaló el bloc y descansó en el nombre de *Trudy*.

—Si para ti es tu *Trudy*, no tengo ningún inconveniente en que el perro se llame *Trudy* —dijo Violet—. Probablemente a él le dé lo mismo.

El ojo se cerró, con la mano izquierda encima del lomo del perro.

24
EL AGUA EN LAS MANOS

—Enhorabuena.

Dorothy Pyke se detuvo.

—¿Por qué?

—Por haber vuelto con nosotros —afirmó Oppenheim—. El Savoy estaba incompleto desde que te fuiste.

—Gracias, Clarence.

Se dispuso a pasar por delante de él.

—Tienes mucho que hacer, ¿no?

Él se interpuso en su camino.

—Sí, debo ir al despacho.

Oppenheim señaló los documentos que ella llevaba en el brazo.

—Te he echado de menos.

Dorothy trató de esquivarlo, pero él fue más rápido.

—Estás preciosa con esta luz, ¿sabes?

—Clarence, por favor.

Intentó rodearlo por segunda vez.

—Quiero volver a verte, Dotty.

—No me vengas con ésas, Clarence. Ya hemos pasado por esto.

El detective abrió la puerta que daba al siguiente pasillo.

—Solo una copa, una sola.

—No, gracias.

—¿Qué podría pasar si tomamos una copa juntos?

Ella continuó andando sin contestar.

Él echó a andar a su lado.

—Estás aún más guapa, ¿lo sabías?

Ella intentó dejarlo atrás.

—Pasamos juntos unas semanas maravillosas. Me gusta recordar esos días.

Dorothy se detuvo.

—¿Maravillosas? ¿Así es como lo ves tú? Me sometiste a un interrogatorio cruzado delante de sir Laurence.

—Debía hacerlo... para exonerarte.

—Hiciste que recayera sobre mí la sospecha de haberlo envenenado.

—Resultó ser un error.

La señorita Pyke reanudó la marcha, y llegaron juntos a la escalera. A Oppenheim le resultaba engorroso subir los escalones de espaldas, mirando a Dorothy.

—Me alegré mucho cuando me enteré de que eras la nueva asistente de la señorita Mason. No te lo he podido decir antes porque casi no nos hemos visto.

—No nos hemos visto porque no te quiero ver. —Ella se detuvo en el descansillo—. Lo que hubo entre nosotros no fue buena idea entonces, Clarence, y ahora es peor aún.

—A mí me pareció bonito.

Estaba ante ella con los hombros caídos.

—No dramatices.

De pronto, Oppenheim la cogió por la cintura y se inclinó sobre ella.

—Para. —Ella ladeó la cabeza—. Suéltame.

—Dorothy.

Intentó besarla.

Físicamente no tenía nada que hacer contra esa mole de hierro fundido. La señorita Pyke se irguió.

—Crees que porque te han puesto un traje eres mejor que un mono, pero no eres más que un gorila estúpido, y ya no me apetece hacer gimnasia contigo en la cama.

Tal vez Oppenheim fuese un gorila, pero en su pecho latía un corazón sensible. Ella lo había herido, y él quería pagarle con la misma moneda.

—Aquella vez mantuve la boca cerrada, Dotty.

—¿Cómo dices?

Contempló a la mujer que tenía entre los brazos.

—Sir Laurence no quería creer que estuvieras tramando algo contra él, por eso puso fin a la investigación. Hasta ahora he respetado su deseo.

—¿De qué estás hablando?

—Del rato que siguió al primer colapso de sir Laurence. Pasaron nada menos que dos horas, Dotty, y no supiste explicar dónde estuviste.

—¿Me estás amenazando? —preguntó ella, sin dar crédito—. ¿Me estás amenazando porque ya no tengo ganas de acostarme contigo?

—Dotty, escucha... —Los rasgos de Oppenheim se suavizaron.

—Cierra el pico. —Trató de zafarse de él—. ¡Suéltame!

En la planta inferior se abrió una puerta, alguien subía por la escalera. La señorita Pyke apartó las manos de Oppenheim de su cintura. Pero permanecieron uno frente al otro, mirándose.

—Para mí eres el último mono —musitó.

Tommy, el limpiabotas, se dirigía hacia ellos.

—Buenas tardes, señorita Pyke. Buenas tardes, señor Oppenheim.

—Vaya, Tommy. ¿Qué tal estás? —preguntó ella.

—Esta noche va a haber bastante faena.

Les enseñó el saco donde introducía los zapatos.

Oppenheim juntó las manos detrás de la espalda.

—¿Y eso?

—Porque ha llovido. Las calles están embarradas. Cuando llueve, tengo el doble de trabajo.

—Voy contigo, Tommy —dijo Dorothy, que empezó a subir la escalera.

Oppenheim la siguió con la mirada, hasta que ella y el limpiabotas desaparecieron en la tercera planta.

Violet reconoció la sensación. Aunque hacía algún tiempo desde la última vez, así era exactamente como debía de sentirse uno cuando le pasaba rozando una idea.

Una idea no se plantaba con arrogancia en una habitación y anunciaba a bombo y platillo: «¡Hola, soy brillante!». Una idea buena era tímida, discreta, aparecía sólo unos momentos, como el que entra en una habitación porque busca a alguien y cierra la puerta acto seguido. Había que aprovechar ese instante previo a que la puerta se cerrara.

Cuando vivía en Pimlico, Violet experimentaba a menudo esa sensación. Durante ese periodo de tiempo magnífico en el que no tenía responsabilidades, las ideas le llegaban en toda clase de sitios: en la cama, en el lavabo, en el retrete. Violet miraba a la idea, la idea miraba a Violet, y juntas corrían al despacho e introducían una hoja de papel en la máquina de escribir. Después, la idea permanecía pacientemente en el hombro de Violet, observando cómo a partir de ella tomaba forma un relato, unas veces un drama, otras tan sólo una noticia. Lo decisivo era que uno se entregaba por completo a la idea. No podía haber distracciones, cualquier ruido resultaba molesto, cualquier voz, lo mejor era no comer ni beber. Violet menospreciaba a los escritores que tomaban café y se fumaban un cigarrillo tras otro mientras escribían. Ella creía en la pureza de la escritura, en su exclusividad.

Estaba sola. No oía sonido alguno, no la distraía ningún asunto urgente. La puerta estaba cerrada; el teléfono, desconectado. Desde que había aparecido la idea, Violet la había cogido con sumo cuidado, como se lleva el agua en las manos, un agua de la que no se quiere desperdiciar ni una sola gota. Violet se había refugiado en su antiguo despacho, en la primera planta. Allí estaba la Imperial. En ningún otro sitio habría podido esperarla la máquina de escribir salvo en ese cuarto sombrío y sin vistas. Violet se sentó, introdujo papel y empezó.

No hubo titubeos ni reflexiones, ningún balanceo inquieto, ninguna mirada por la ventana. Una vez que surgía la idea, todo estaba claro y predeterminado, y era sencillo. Violet sólo tenía que tomar nota de lo que se desarrollaba en su cabeza, un relato colorido sobre un mentiroso. Ese mentiroso no era una mala persona, no quería hacer daño a nadie, más bien era como si alguien pusiera las mentiras en su boca. Para él se trataba de un juego, la mayoría de las veces no pensaba en las consecuencias. El mentiroso tocaba el piano en un bar, donde conocía a distintas personas, tocaba melodías para ellas y les contaba mentiras. Llevaba una vida tranquila pero tornasolada al mismo tiempo, ya que el mentiroso inventaba las historias más increíbles, con las que sorprendía, asustaba y entretenía a la gente que acudía a tomar algo. Un buen día —en ese punto Violet hizo la primera pausa, no porque necesitara descansar, sino porque se sentía muy ilusionada con esa parte de la historia—, un buen día su mentiroso se topó con otro mentiroso mucho más ladino en su oficio. Este segundo mentiroso tenía en mente algo malo, hacía que las personas se enfrentaran, sembraba sufrimiento, originaba envidias, se beneficiaba de sus mentiras.

Violet tecleaba y tecleaba, ya no podía parar. Iba llenando una hoja de papel tras otra, extraía una con brío de la máquina, introducía la siguiente y continuaba. Perdió la noción del tiempo, no sentía hambre ni cansancio. Se sometió a su idea, para que tomase forma y se concentrara en un buen relato.

Ya había oscurecido cuando sacó la última hoja de la Imperial, respetuosamente esta vez, y la añadió con cariño al montón. Violet respiró hondo y se frotó los ojos. El estado de ebriedad había cesado, la euforia se había desvanecido, a su alrededor volvía a tener el despacho austero y la oscuridad. Por último, cuadró debidamente el montón, sacó una carpeta del cajón e introdujo en ella el relato. No la cerró en el acto, sino que contempló el título y sonrió.

En el edificio de la BBC informaron a Violet de que Max Hammersmith ya se había ido a casa. No deseaba importunarlo, pero debía hacerlo. Le preocupaba que su nueva novia pudiera estar con él, pero no quería llamar por teléfono, por miedo a que él pudiera decirle que no. Temía que no quisiera verla, pero ella debía verlo a él, de inmediato, esa misma noche, aquello no admitía demora. Violet fue a pie hasta Regent's Park.

Llamó al timbre y aguzó el oído. Él tenía que bajar la escalera y abrir. Pero no se oía nada. Llamó de nuevo, y una vez más, nada. No se atrevió a llamar una tercera vez.

Cuando Violet echó a andar calle abajo, desanimada, la puerta se abrió a su espalda.

Allí estaba él, una silueta recortada contra el fondo iluminado.

—¿Vi? ¿Qué quieres?

—Max. —Se volvió.

—¿Qué haces aquí?

Llevaba puestos la camisa, el chaleco y la corbata, así que no podía hacer mucho que estaba en casa. No parecía alguien que tuviera visita y lo hubiesen sorprendido. Parecía Max, al que echaba de menos. A Violet le cayó en el vientre una gota tibia que se extendió en el acto. Por eso se atrevió a formularle la pregunta.

—¿Te puedo leer lo que he escrito?

—¿Quieres leer para mí? —Esbozó una sonrisa que denotaba sorpresa—. Leo yo solito desde que tengo treinta años. Pasa.

Entraron en la cocina, en la que en su día él le preparara unos huevos revueltos. Entraron luego en el salón, donde estaba el sofá en el que solía abrazarla. Violet se notaba tensa, nerviosa, y se preguntaba si todo aquello no sería un estúpido error. Max la invitó a sentarse en el sofá y se acomodó frente a ella.

Echó una mirada a su alrededor, nada en la habitación delataba la presencia de una mujer. Allí vivía un hombre solo, decía el salón. Violet se tranquilizó y empezó a leerle el relato, la historia de un mentiroso notorio que encontraba a su maestro en otro mentiroso.

—«Cada uno cuenta su vida con infinidad de historias. Y lo maravilloso de eso es que una única vida se puede contar con historias distintas. Del narrador dependerá hacer de esa vida una comedia o una tragedia. "A ti ¿qué historia te gustaría contar con tu vida?", preguntó Gregory. "Confío en que sea una comedia", respondió Emily. "Pero me temo que estamos a punto de convertirla en algo cursi".» —Violet levantó la vista, sus ojos reflejaban miedo y duda—. Así termina —dijo en voz baja, y añadió la última hoja al montón y permaneció a la espera.

Max levantó las manos y exhaló un suspiro.

—Es... —Negó con la cabeza.

—Me lo puedes decir sin tapujos. Es lo que quiero. Dime lo que piensas.

—Es fabuloso —contestó Max—. Te juro que estoy sin palabras. Hace un rato... He tenido un día de mierda y no estaba de humor para escuchar nada. —Se levantó y se puso a dar vueltas por la habitación—. No sé qué decir, estoy completamente aturdido. No pretendo ofenderte, es sólo que me he quedado pasmado con lo que has conseguido hacer.

A continuación permanecieron un rato en silencio.

—¿De veras? —A Violet se le escapó una risa indescriptible—. ¿De veras, Max?

—Creo que es una historia cálida, profunda y alegre, es maravillosa. —Se sentó a su lado rebosante de energía—. Por cierto, ¿cómo se te ocurrió la escena del perrillo que se da cuenta de que del bar está saliendo humo, despierta al pianista con sus ladridos y le salva la vida?

—Pues... No lo sé, me vino a la cabeza sin más.

Violet tuvo que respirar hondo, de lo contrario se habría desmayado de alegría. Claro que ese desmayo tal vez pudiera deberse al hecho de que no había comido nada desde hacía muchas horas.

—¿De verdad crees que es lo bastante buena?

Max le quitó el manuscrito de las manos.

—Quizá haya algún que otro pasaje que yo abordaría de otra manera, pero se trata de nimiedades.

Al ver su cara de incredulidad, no pudo evitar reírse.

—Lo digo en serio, Vi. Estoy impresionado. De verdad, me has salvado el día. Ya contaba con que me iba a morir de aburrimiento.

—¿Te apetece que comamos algo? —preguntó Violet sin pararse a pensar mucho.

¿Se estaba extralimitando? Primero se dejaba caer por su casa, después lo obligaba a escuchar lo que había escrito y ahora, para colmo, pretendía ponerse cómoda.

—Perdona. Imagino que tendrás planes —añadió.

—Podemos comer algo si quieres. —Max se levantó con la carpeta en las manos—. Pero, sobre todo, me gustaría hablar del relato. Deberíamos hacer algo con él.

—Bien. Claro, me encantaría.

Lo siguió por el pasillo. Sólo entonces, Violet se paró a pensar en el aspecto que tenía. Había salido corriendo tal y como estaba, con la falda oscura, el jersey claro y la gabardina vieja. ¿Podía ir a cenar con Max con esa facha?

—Perdona, ni siquiera te he preguntado cómo estás, me refiero a cómo te va desde que no nos... —No se pudo contener, sencillamente le salió de dentro, toda su alegría, su alivio, incluso su orgullo—. Entonces ¡¿de verdad te ha gustado?! —exclamó, subiendo tanto la voz que podría haberla oído todo Regent's Park.

25
VUELTA A CASA

Clarence Oppenheim no era un hombre inteligente. Había estudiado en la academia de policía, había aprobado los exámenes gracias a su empeño y su obstinación y se había convertido en agente, con la posibilidad de ascender a sargento tras años cumpliendo su deber.

Ya de pequeño, Oppenheim siempre era el más alto y el más fuerte. Aunque en la academia de policía los demás cadetes se ejercitaban físicamente, a Oppenheim no le hacía falta. Poseía una fuerza asombrosa y una resistencia que parecía no tener fin. Podía correr sin cansarse. Hasta la fecha, ningún ladrón al que hubiera pisado los talones había logrado escapar. Sus garras eran de acero, un golpe de sus puños resultaba aturdidor. Oppenheim no era una persona iracunda, pero tampoco permitía que lo tratasen como si fuera tonto. El agente con el que patrullaba durante el primer año de servicio resultó ser un cínico. Clarence le pidió en numerosas ocasiones que se ahorrase los comentarios sobre su complexión fornida, pero el otro no lo quiso escuchar. El ataque de Oppenheim fue imprevisto, y terminó al cabo de escasos segundos. Las consecuencias fueron devastadoras: su compañero no podría volver a utilizar la mandíbula inferior con normalidad, tenía el brazo partido por tres sitios y, al caerse por un terraplén, se destrozó la pelvis. A Oppenheim lo expulsaron. Durante un año entero fue tirando con empleos ocasionales, entre otras cosas trabajó de mozo de mudanzas. Y resultó que la casa para la que llevaba de un lugar a otro unos aparadores de madera maciza también proveía al Savoy. A Oppenheim le gustaba el ambiente del hotel, de manera que se presentó en el Departamento de Personal y lo contrataron de chico para todo. Siempre que necesitaban una gran fuerza física recurrían al nuevo.

Un día, sir Laurence pidió que trasladaran su cama del rincón septentrional de la habitación de la cúpula al meridional, puesto que no soportaba el sol matutino.

—Me temo que hará falta más de un hombre —afirmó sir Laurence cuando vio entrar a Oppenheim solo.

Clarence no entendió qué quería decir el jefe y, por si acaso, se quitó la gorra.

—Mire usted la cama —prosiguió Larry—. Es de madera de olmo maciza. Los cimientos del puente de Londres son de olmo y han aguantado setecientos años.

El jefe desapareció tras el biombo de seda para cambiarse de ropa.

—Disculpe, señor —fue todo cuanto dijo Oppenheim.

Se plantó en medio del armazón, del que habían retirado el colchón, levantó la estructura por encima de la cabeza y la dejó con una precisión absoluta allí donde deseaba sir Laurence. Cuando éste salió de detrás del biombo, todo estaba arreglado.

Ambos entablaron conversación. Larry averiguó que el gigante musculoso disponía de los conocimientos y la inteligencia lógica de un agente de policía, y le pareció que era un desperdicio tenerlo únicamente cargando con muebles. Cuando el desagradable señor Bleach se jubiló por motivos de salud, Clarence Oppenheim lo sustituyó. Aunque era llamativo físicamente, el nuevo detective del hotel también era delicado y atento en su trabajo y poseía un instinto asombroso para saber cuándo se estaba cometiendo una fechoría, por insignificante que fuese. Oppenheim esclareció un robo de joyas que resultó ser una estafa al seguro. Desenmascaró a nada menos que tres cazafortunas. Y gracias a sus pesquisas habían descubierto que un mozo llevaba un floreciente negocio de estupefacientes en el Savoy. Oppenheim mantenía alejadas del hotel a las damas del barrio rojo, pero protegía a la señorita Rachel, porque la joven menuda le despertaba ternura y él comprendía que no se podía vivir únicamente de las propinas. Oppenheim no estaba casado, vivía en el ala del personal, y estaba satisfecho con ese arreglo. Dorothy Pyke había hecho tambalear los cimientos de su vida. Amarla le parecía una debilidad, pues esa mujer fría y peligrosa no le inspiraba la menor confianza, y por ello la deseaba mucho más.

Oppenheim se preguntaba qué esperaba encontrar si ya había buscado cien veces. Buscaba pruebas contra Dorothy, no porque las hubiese, sino porque quería hacerle daño. Su peor defecto era que no podía olvidar nada, ni el más mínimo detalle, aunque hubiesen pasado años. Recordaba perfectamente el momento en que vio por primera vez el deseo en los ojos de Dotty, que intentó ayudarlo a quitarse los pantalones, pero no se las apañaba con la hebilla del cinturón. Ahora que no quería saber nada de él, las imágenes de la pasión que habían compartido lo enfurecían. Oppenheim actuaba dejándose llevar por motivos viles, y lo sabía. Por eso recorría las habitaciones privadas de sir Laurence con la mirada especial de un policía que ha aprendido que el que quiere encontrar algo debe saber cómo se esconden las cosas. No había llegado a descubrir el veneno que había derrotado a sir Laurence aunque Oppenheim sabía algunas cosas sobre venenos de sabor amargo, inodoros, gaseosos. Hacía años había demostrado la culpabilidad de una mujer que quería mandar al más allá a su marido con ricina. En la actualidad, la mujer se encontraba en un centro penitenciario de Manchester. Oppenheim seguía sin creer que el primer ataque de sir Laurence hubiese sido un fallo cardiaco. Su olfato le decía que en esas habitaciones se había perpetrado un delito. Para entonces ya había llegado a sus oídos la teoría del agua de colonia. Pero Oppenheim no creía que se hubiese manipulado un pulverizador de perfume, era demasiado complicado. Según su experiencia, los delitos más sencillos resultaban ser los más eficaces.

Oppenheim avanzaba paso a paso sobre las chirriantes suelas que debían soportar el peso de la mole de hierro fundido. No sabía lo que buscaba, sólo por qué lo hacía. No podía parar de pensar en ella, en la señorita Pyke, aquella flor de hielo bella y peligrosa.

El perro no podía quedarse en el hospital. Violet no había podido salirse con la suya ni siquiera con la ayuda del doctor Hobbs. Sir Laurence, en cambio, tenía que permanecer allí, sólo en el hospital podría recibir el tratamiento que necesitaba y lo tenían controlado las veinticuatro horas. Durante el día, Larry se mostraba apático. Apenas quería escribir, y aunque le ponían delante del ojo derecho libros y periódicos, no sentía interés por leerlos. A juzgar por su estado general, era como si tuviera prisa por volver al lugar de donde lo habían sacado a la fuerza.

Por la tarde, en cuanto podía, Violet salía del hotel llevando al perro de la correa. Por el día, el animal se quedaba en el ala de Administración. Un mozo lo sacaba varias veces cuando salía a pasear a los perros de los huéspedes acaudalados. No habían logrado averiguar quién era su dueño. Y a esas alturas todos los empleados del hotel conocían al animal como *Trudy*. Aunque era macho, todos lo llamaban así y lo trataban como si fuese el perro de sir Laurence.

Cada tarde, Violet veía lo mucho que se alegraba su

abuelo con la visita de *Trudy*. También el animal parecía esperar con impaciencia el momento de volver a ver al anciano. El saludo entre ambos era efusivo: *Trudy* se subía de un salto a la cama, daba vueltas en círculo, le lamía las manos a Larry y manifestaba una alegría incontenible. Larry disfrutaba con el nerviosismo de *Trudy*, la mano izquierda se movía y acariciaba al perro. Al cabo de un rato volvía a instalarse la calma. Violet le contaba lo que ocurría en el hotel, novedades con las que confiaba despertar el interés de Larry, pero al menor sonido que profería el perro, la atención de su abuelo se esfumaba, y ya sólo tenía el ojo para *Trudy*. El hospital toleraba la terapia especial por tratarse de un paciente también especial. Por eso pasaban por alto de manera tácita las visitas del perro.

Un jueves, Violet se dirigió una vez más camino del hospital con *Trudy*, y en Fleet Street se detuvo de repente y se planteó una pregunta decisiva: «¡¿Es preciso que Larry siga en el hospital?!», preguntó a voz en grito, ya que a esa hora el tráfico era sumamente ruidoso en la gran calle. *Trudy* levantó la cabeza expectante.

Lo que hacían por Larry en St. Bartholomew's no era más que mantener las funciones vegetativas de una persona que no se podía valer por sí misma. Para ello era necesario administrar determinados medicamentos y cambiarlo de posición varias veces al día, para evitar que se le formaran llagas. Lo lavaban por la mañana y por la noche, y le cambiaban el pañal, le daban de comer, lo afeitaban y lo peinaban. Por lo demás, solía estar solo. Dejaban en sus manos las numerosas horas interminables en las que se hallaba a solas consigo mismo, sus pensamientos y sus sentimientos. Contra el tormento de la inactividad, contra la prisión de su inmovilidad no se podía hacer nada. Nadie sabía si gritaba por dentro de soledad y desesperación, si quería escapar de la vida pero no podía. Se habían oído casos de personas paralizadas que se habían suicidado mordiéndose la lengua para ahogarse con ella, pero sir Laurence jamás haría algo así. Seguiría sufriendo. Para él no había ninguna salida.

Sin embargo, sí que había una, pensó Violet. ¿Por qué no podía volver Larry a casa, donde *Trudy*, ese perrillo que había resultado ser un regalo inesperado del destino, podría permanecer con él día y noche? Cuando notaba a *Trudy* a su lado, daba la impresión de que Larry se sentía satisfecho con su existencia. ¿Por qué no regalarle esa paz, esa pequeña dicha que le quedaba?

Violet era la directora del Hotel Savoy. Era una mujer adinerada, y se proponía emplear debidamente su riqueza. Quería tener dinero en la mano, una buena cantidad para que su abuelo estuviera mejor. Un día después comenzó con los preparativos. Pidió al doctor Hobbs que fuera al Savoy y, mientras Henry almorzaba, le enseñó las habitaciones de la quinta planta. Le preguntó cuántas enfermeras y médicos serían necesarios en el hotel para poder facilitar a sir Laurence el mismo tratamiento que recibía en St. Bartholomew's. Disipó las dudas médicas del doctor Hobbs comunicándole que lo haría de todas formas, con o sin su aprobación. Al final, él le prometió la ayuda necesaria. Sólo quedaba una cosa por hacer: hablar con el Joven Henry, pues tendría que abandonar el despacho de Larry. En él se alojaría el servicio de urgencias, que se ocuparía de sir Laurence las veinticuatro horas del día.

Violet decidió ir a pedir el consentimiento de Henry. Confiaba en que se mostrara conforme, a fin de cuentas, difícilmente podía impedir que su enfermo padre volviese a su ancestral reino.

26
El retrato

—Al principio, Henry se opuso —dijo la voz de mujer en el otro extremo de la línea—. A veces mi marido es como un niño.

—Como un niño no —contestó Kamarowski—. Lo que sucede es que su estimado esposo a veces no tiene visión de futuro.

—La conversación que mantuvimos con Violet fue difícil —admitió la voz—. En un primer momento, yo me puse de parte de Henry, como es natural, y afirmé que no se le podía echar sin más ni más de su despacho.

—Muy inteligente por su parte.

—Violet se opuso diciendo que hay que hacer que Larry pase los días venideros de la forma más agradable posible, a fin de cuentas no saben cuánto tiempo le queda. Dijo también que hay otros despachos bonitos, que estamos hablando del bienestar de su abuelo, etcétera, etcétera.

Kamarowski se estiró, le encantaba su pijama negro, habría podido pasarse el día entero con él. Desde la cama de la suite veía el sofá rojo de la habitación contigua. El simpático judío que desayunaba allí le vino a la memoria. ¿Cómo le iría al señor Lilienthal?

—¿Hola, Viktor? ¿Sigue ahí? —preguntó la voz.

—Naturalmente —contestó él—. Dígame, ¿cómo logró llevar a buen puerto la conversación?

—Apelando a la solidaridad femenina —contestó la voz—. Me saqué el pañuelo y me soné la nariz. Después me situé detrás de Henry y dije: «Vi tiene razón. No sabemos cuánto más vivirá Larry. Es importante que disfrute del tiempo que le pueda quedar». Entonces, mi buen Henry me miró, entendió lo que quería decir y se volvió hacia Violet. «Quizá mi padre llegue incluso a encontrarse mejor», dijo.

—Brillante.

Kamarowski se dio la vuelta.

—Sí, cuando capta la idea clave, Henry puede ser muy elocuente —confirmó la voz.

—En ese caso deberíamos alegrarnos por el pronto regreso del rey —contestó Kamarowski risueño.

Al mirar por la ventana decidió que ese día no saldría del hotel.

—En cuanto Larry esté de vuelta, todo será más fácil —respondió Judy.

—Considerablemente más fácil.

Kamarowski se despidió y colgó. Durante un instante se planteó pedir a Gemma que fuese a su suite a tomar una copa con él, pero lo cierto era que no le apetecía.

Algunos de los que formaban las dos filas en el vestíbulo se asustaron al volver a ver a sir Laurence por primera vez después del colapso. Ya no era el elegante rey que vestía de chaqué o frac, el que saludaba a sus huéspedes en todas las lenguas posibles del mundo. Ahora era un anciano que no se podía mover, cuyo cuerpo apenas abultaba la manta que lo tapaba en la camilla. Pese a todo, sir Laurence entró en el Savoy como si fuese un monarca. Sus empleados prorrumpieron en aplausos cuando pasó por delante. El ojo de Larry recorría asombrado los familiares rostros, con la mano izquierda medio levantada, saludaba ligeramente, saludaba débilmente, pero al que la veía le parecía que saludaba como un príncipe.

En un primer momento Violet se proponía hacer entrar a su abuelo en el hotel a hurtadillas para ahorrarle las miradas, pero no había tenido en cuenta su opinión al respecto: la mano izquierda de Larry se opuso enérgicamente. «No —escribió—. Que me vean. No nos esconderemos.»

—Tienes razón —contestó Violet—. Que vean que has vuelto.

Cuando cruzaron el vestíbulo, Violet iba delante, y a Larry lo llevaban detrás. A su lado bailoteaba *Trudy*. Nunca habían visto al perro tan orgulloso, parecía que quisiera decir: «Mirad, os traigo a casa a mi amo». La pequeña caravana llegó al ascensor número tres, Otto abrió la puerta y dejó pasar a los camilleros con la carga. Después subieron Violet y *Trudy*. El personal rodeó el ascensor mientras Otto cerraba la reja extensible.

—¿Quinta planta, sir Laurence? —preguntó.

La mano izquierda mostró su conformidad, Otto pulsó el botón y, rodeado de los aplausos del personal, sir Laurence inició su ascenso al cielo.

Arriba lo esperaba el siguiente comité de bienvenida, que acompañó a Larry hasta sus habitaciones. El Joven Henry, con un traje de color claro y una optimista corbata verde, besó a su padre en ambas mejillas. Judy aguardaba respetuosamente, pero al final también ella se le acercó y le dejó un ramito de dalias en la camilla. El ojo escudriñó ambas cosas. Las flores parecieron alegrarle.

El despacho de Larry había cambiado mucho. Había botellas de oxígeno preparadas, un botiquín repleto, una mesa para practicar cirugía ambulatoria, además de lámparas y el instrumental necesario. El doctor Hobbs, que estaba esperando a su paciente, presentó a un colega más joven, que a partir de ese instante se quedaría permanentemente en el Savoy y se hallaría disponible las veinticuatro horas del día. Habían contratado a tres enfermeras, que se presentaron a sir Laurence con sus nombres: Sarah, Joanne e Ingeborg. La comitiva de la camilla continuó avanzando y llegó a la habitación, en la que la mayoría de las cosas seguía igual. No querían que sir Laurence cambiara una habitación de hospital por otra. Allí finalizaba el viaje del enfermo. El doctor Hobbs pidió a los presentes que salieran. No era necesario que todo el mundo presenciase cómo acomodaban a Larry en la cama. Pero hubo una última persona que insistió en acercarse a sir Laurence: Oppenheim. Puesto que no deseaba sobresalir por encima de su patrón, el hombretón se arrodilló junto a la camilla.

—Señor... —comenzó, pero no supo continuar—. Ahora todo irá bien, se lo prometo, señor.

Oppenheim desvió la mirada, no quería que el enfermo le viera los ojos humedecidos, que reflejaban alivio, dicha y todo el amor que era capaz de sentir aquel hombre de hierro fundido. La mano izquierda de Larry se movió, Clarence la asió y la estrechó con fervor. Cuando salía reparó en Dorothy, que hablaba con su jefa. Oppenheim saludó educadamente a la señorita Pyke con una inclinación de cabeza.

Violet estaba completamente exhausta. Sentía una suerte de cansancio emocional que no se podía comparar con nada. Tenía la impresión de que de un tiempo a esa parte había agotado todos sus sentimientos. Estaba sentada en la penumbra. Junto a la cama de Larry sólo había una lamparita encendida. Ella no sabía si su abuelo dormía o si ése era su estado seminconsciente habitual. Los demás se habían ido, Judy y Henry los primeros, Dorothy poco después. Las enfermeras habían cumplido con su obligación, dos estaban sentadas fuera, una descansaba. Oppenheim había sido el último en marcharse. «Se parece al perro

—pensó Violet—. Trudy y el detective preferirían no separarse de Larry.»

Se obligó a levantarse. Si seguía allí más tiempo se quedaría dormida.

—Ven, vamos a dar un paseo.

Estaba claro que el perro quería que lo dejara en paz, pero Violet necesitaba un motivo para sacudirse la pesadez plúmbea que sentía.

—Vamos, bonito.

Se acercó a la cestita de *Trudy* y ató la correa al collar. El perro salió trotando de mal humor.

Delante de la habitación, Violet intercambió unas palabras con las enfermeras, confirmó que el paciente se encontraba bien y, tras abandonar el reino de Larry, se dirigió al vestíbulo. Al verlos, el portero les abrió la puerta, y Violet y el perro salieron al aire libre.

Cuando volvieron, diez minutos después, los dos estaban completamente empapados. La lluvia los había atacado por la espalda. Puesto que a Violet no le apetecía ponerse a cubierto, regresaron corriendo al hotel bajo la lluvia torrencial. Se veía que a *Trudy* no le había hecho ni pizca de gracia la excursión que le había obligado a hacer la mujer que sujetaba la correa.

—¿Quiere que le traiga una toalla, señorita Mason? —preguntó el recepcionista.

Ella rechazó el ofrecimiento. El perro se sacudió con todas sus fuerzas, y un matrimonio se apartó de ellos de un salto. Violet decidió que dejaría la ropa en la habitación de John para que se secara y se subió al ascensor número uno. El ascensorista, que era nuevo, permaneció tieso como un palo mientras subía a la directora.

Agotada, Violet se apoyó en la pared de la cabina y, de pronto, la asaltó la certeza de que debía separarse de John de una vez por todas. ¿Acaso no había aprendido las últimas semanas que sólo seguía con él por la fuerza de la costumbre? ¿Que sólo acudía a su buhardilla cada noche porque no tenía otro sitio al que ir? Tenía la sensación de que aquello estaba mal. Violet ya no sentía nada, y no quería sentir nada más. Cuando el ascensor se detuvo en la cuarta planta, miró al suelo: su ropa mojada había dejado un charco oscuro.

—Cuarta planta, señorita Mason —informó el ascensorista, al ver que ella no hacía ademán de bajarse.

Trudy levantó la cabeza hacia ella con gesto expectante. Sosteniendo la correa con firmeza, Violet salió del ascensor y subió a la última planta. Vio la franja de luz que salía por debajo de la puerta, John estaba en casa.

¿Qué pensaba hacer? ¿Quería separarse de la persona que había pintado ese cuadro? Violet estaba delante del retrato. La honestidad que emanaba de él la conmovió, la profundidad de la mirada de John, la firmeza. Nadie conocía a Violet tan bien como John, nadie la abrazaba como él. Puesto que hablar no era su forma de expresión, puesto que no le podía decir cuánto la quería, lo había pintado. No era un cuadro delicado. La había plasmado de manera tosca, estridente y chillona. El violín color púrpura, los brazos y los dedos de Violet de un índigo luminoso, el azufrado de su miedo, el cinabrio de su rechazo, el violín que se perdía en el negro, donde Violet jamás lo encontraría. Y como si aquel colorido grito no bastase, de fondo se alzaba un gran sombrero rojo. ¿Cómo podía haberlo sabido? ¿Cómo podía haber intuido John que el padre de Violet siempre aparecía ante el público con un bombín rojo? Daba lo mismo de dónde le había llegado la inspiración, la persona de ese cuadro era Violet Mason, su realidad, sus orígenes y el peligro en que se hallaba.

No podía dejar de mirarlo. Con la mano izquierda buscó a John, que se encontraba detrás de ella.

—Dios —suspiró—. Dios mío.

Quería sentir sus brazos, y lo atrajo hacia ella. Violet había quedado con Max al cabo de dos días; tenía novedades, le había dicho él por teléfono. Su voz sonaba prometedora.

—John, te quiero.

No fue llanto lo que le salió del cuerpo, sino una vergüenza tremenda por haber querido apartarlo de su lado hacía un instante. Sin embargo estaba hablando de John, su maravilloso John, del que quizá algún día tuviera que separarse, sólo que le resultaba inconcebible cómo lo iba a hacer.

27
El Eccentric Club

Oppenheim se notaba débil, había bebido. Y cuando bebía, se ponía sentimental. Aunque no le hacía falta mucho alcohol; el gigantón no aguantaba prácticamente nada.

—Perdóname —se disculpó—. Tienes razón, fue una canallada por mi parte.

El detective tenía delante su segundo whisky. Paulo tocaba con gesto adusto *The land of might have been*, una canción almibarada, nostálgica, premonitoria. Y allí estaba ella, su amada de gesto adusto y tez blanquecina, con su tercera ginebra, como siempre tan bella, clara y pura que él apenas se atrevía a mirarla.

—¿Sabes qué me gustaría? —preguntó Dorothy.

—¿Qué?

Oppenheim estaba completamente quieto. Temía que su peso hiciera caer el taburete si se movía.

—Que volviéramos a llevarnos bien.

Él alzó la cabeza y contempló sus fríos ojos. En ese momento transmitían amabilidad, comprensión y la esperanza de reconciliarse.

—Sí, a mí también me gustaría —convino el detective.

—Es terrible que sólo nos mostremos desprecio, que nos hagamos pedazos nada más vernos.

Cuánto le habría gustado cogerle la mano o apoyar la cabeza en su pecho, pero Clarence entendió que ella se refería a otra cosa. Se refería a que entre ellos el amor no había funcionado, así que era mejor ponerle fin y ser únicamente buenos compañeros. Aunque no era eso lo que él deseaba, era un paso en la dirección correcta. Si Dorothy dejaba de rechazarlo, si se relacionaban en un terreno neutral, cabía la posibilidad de que volvieran a aflorar los viejos sentimientos y se encendieran otros nuevos.

La disculpa previa de Oppenheim era porque le había confesado que había estado registrando las habitaciones. Las sospechas que abrigaba contra ella respondían a la idea errónea de que quería encontrar algo. Cuando pensaba con claridad, Oppenheim no lamentaba nada las investigaciones que había realizado, pero en ese momento estaba ofuscado, el alcohol liberaba su susceptibilidad y sus remordimientos de conciencia. A fin de cuentas, el hecho de que hubiera confesado era lo que motivaba que estuviese con Dorothy en el bar. Esta vez, Dorothy no había rehusado su invitación. El Salón Nightingale estaba muy concurrido, el barman tenía mucho que hacer, los camareros iban volando de un lado a otro.

Dorothy le puso una delicada mano en el antebrazo.

—No encontrarás nada, Clarence, porque no hay nada que encontrar —aseguró.

Él disfrutó del calor que sintió a través del traje. No quería perjudicar a aquella mujer, al contrario.

—Si hubiésemos hablado antes, todo habría sido más fácil.

Obedeciendo a un impulso, se levantó del taburete con la intención de abrazarla.

—No —objetó ella en voz baja—. La gente nos mira.

—Pues que mire.

Ella lo apartó con suavidad.

—No, Clarence. Eres el detective del hotel y yo la asistente de la señorita Mason. Estamos en el Salón Nightingale. Debemos comportarnos.

—Tienes razón. —Clarence hizo una señal al barman—. Otro.

El hombre cogió la botella.

—Entonces ¿volvemos a ser amigos?

Ella vaciló.

—Cuando pasó aquello dejé de confiar en ti. El asunto del veneno fue espantoso. Me hizo mucho daño.

Le sirvieron la copa, y Oppenheim se la bebió de un trago.

—Fui un idiota. Soy un idiota. ¿Cómo pude pensar que querías hacerle algo a sir Laurence?

—¿Señor Oppenheim? —preguntó alguien detrás de ellos.

El momento no podría haber sido más inoportuno.

—¿Sí?

Era un mozo.

—En la segunda planta se han oído gritos.

—Ya, ¿y...?

—La camarera ha oído gritos en la habitación doscientos catorce. Ha dicho que sería mejor que fuera usted.

—¿La doscientos catorce? —Oppenheim se volvió hacia Dorothy.

—Ve.

Con cuánta dulzura podía sonreír, con cuánto candor.

—El deber me llama —contestó él, y en ese momento se sintió sumamente importante—. ¿Estarás aquí más tarde?

—No, me voy ahora mismo a la cama. —Le dio la mano—. Gracias por las copas. Ha sido agradable.

—Sí, ha sido agradable.

Estrechó la nívea mano, no con demasiada fuerza, y echó a andar detrás del mozo. Con las suelas chirriantes y el pecho henchido, Oppenheim abandonó el Salón Nightingale.

—¿Se marcha usted temprano? —preguntó Violet.

—Por desgracia, uno no es dueño de su tiempo. —Kamarowski le besó la mano.

Violet acompañó hasta la salida al huésped, el cliente habitual con el que había bailado en una ocasión y había hablado de venenos en otra. Kamarowski viajaba ligero de equipaje, un mozo lo seguía con dos maletas. El portero abrió la puerta batiente, y ambos salieron al aire libre.

—¿Va a casa?

—Ojalá fuese así. —Kamarowski se abotonó el abrigo—. Tengo una última cita en Londres, después me dirigiré a Ostende. —Se percató de que Violet se cruzaba de brazos—. Se está quedando helada, señorita Mason. Se lo ruego, vuelva dentro. No quiero ser el culpable de que el Savoy se resfríe.

Ella asintió risueña.

—Este año el frío ha llegado pronto.

—Todos los años, en otoño, todavía hay algunos días buenos que nos recuerdan al verano. —Antes de ponerse el guante le dio la mano—. *Good bye*, señorita Mason. Si es tan amable, salude de mi parte a su abuelo. Le deseo una pronta recuperación.

—Gracias, señor Kamarowski. Que le vayan bien sus proyectos.

—Oh, confío en que así sea. —Bajó los primeros escalones—. Uno de ellos se está desarrollando ahora mismo tal y como deseo.

Kamarowski llegó hasta el taxi y, tras despedirlo de nuevo con la mano, Violet dio media vuelta. Al ir a abrirle la puerta, el portero se vio en la tesitura de si dejar entrar a la directora primero o dejar salir a un huésped. Violet le dio a entender que el cliente era el rey y se hizo a un lado. Una mujer joven y bella abandonaba el hotel. Resultaba llamativa no por su belleza, sino por su forma de exhibir su femineidad: el cabello oxigenado, los ojos con un perfilado intenso, los labios de un rojo vivo. El abrigo de pieles que llevaba parecía caro, pero a pesar de todo algo en ella olía a barato. Saludó a Violet con una inclinación de cabeza, y el portero se adelantó a buen paso hasta el taxi. Mientras el mozo iba detrás con el equipaje, Violet echó una ojeada a las maletas. En todas ellas se veía el monograma «G. G.». Violet entró y, tras cruzar el vestíbulo, se acercó a los ascensores. Otto hizo una reverencia. Como no quería subir con él, cogió el ascensor número uno.

¿En qué club de caballeros londinense que se mantuviera fiel a la tradición se permitiría la entrada a un extranjero, un judío y una mujer? En el Eccentric Club, naturalmente. Existía desde 1781 y en un primer momento se encontraba en Covent Garden. Entre sus miembros había personalidades del ámbito literario, filosófico y político. Tras cerrar dos veces y volver a abrir, el tercer Eccentric Club se hallaba desde 1893 en las antiguas habitaciones del Hotel Dieudonné, en Ryder Street. El club tenía por símbolo la lechuza, y sus miembros eran famosos por su filantropía; por ejemplo, habían donado veinticinco mil libras para las víctimas de amputaciones durante la

Primera Guerra Mundial. Y en Navidad, los pobres del barrio podían acudir a la puerta del Eccentric para recibir una comida gratis.

El trayecto que cubrió Kamarowski fue breve. Cuando su taxi se detuvo en Ryder Street, lo recibió su amigo el general Busson du Maurier. Sir Gerald pertenecía a una familia de artistas de abolengo. Y su popularidad era tal que daba su nombre a una marca de cigarrillos. Aun así, sir Gerald no fumaba los Du Maurier, tan sólo permitía que empleasen su apellido. Tenía tres hijas; la mediana, Daphne, acababa de publicar su primera novela.

Por recomendación de sir Gerald, Kamarowski podía entrar en el Eccentric Club.

—¿Pudiste reservarme el Salón Elephant? —preguntó mientras ambos entraban en las dependencias del club.

—Está a tu disposición.

Du Maurier era un hombre nervudo, que siempre caminaba dos pasos por delante de Kamarowski.

—¿Es refinado el menú?

Du Maurier sonrió.

—La cocina no es lo que era. *Consommé Duse, filet de merlan au gratin* y, de plato principal, *Chateaubriand à la Shakespeare*.

—Magnífico. —Kamarowski se frotó las manos.

Dejaron atrás los salones en los que los caballeros leían el periódico delante de unas chimeneas en las que ardía un fuego crepitante y llegaron al Salón Elephant, donde sobresalía la cabeza disecada de un enorme elefante con sendos colmillos de casi dos metros.

—Tu invitado ya está aquí. —Sir Gerald negó con la cabeza—. Ha pedido limonada de flores de saúco, no acierto a comprender la razón.

—Alemanes, en fin —adujo Kamarowski—. No hay quien los entienda.

—Te avisaré en cuanto llegue la dama. Pero se tendrá que conformar con que la haga pasar por la entrada lateral. Aunque somos el Eccentric, una mujer en nuestros salones... —Se encogió de hombros—. Al fin y al cabo, todo tiene sus límites.

En cuanto Du Maurier se marchó, Kamarowski se sacó el pañuelo y se secó la frente con delicadeza. Estaba nervioso, de esa conversación dependían muchas cosas.

Media hora después, lady Edith entró en el salón acompañada de sir Gerald, que se despidió en el acto. Kamarowski invitó a la duquesa a sentarse al frente de la mesa.

—¿Ha tenido buen viaje?

—Me están esperando —repuso con aquella frialdad tan propia de ella—. De manera que le agradecería que fuese breve. Lo cierto es que no tenía necesidad alguna de volver a entrevistarme con usted en persona. Sería mejor que confiásemos nuestros intercambios al teléfono —dijo, dejando de mala gana los guantes en la mesa.

—¿Le apetece una copa de vino? —Kamarowski fue a coger la licorera.

—No, gracias.

—¿Café?

—¿Le importaría ir al grano, Viktor?

—Me gustaría presentarle a alguien.

Kamarowski se situó ante una puerta que quedaba disimulada en la pared, revestida de madera.

—¿Otro invitado? —La dama se puso de pie de golpe—. No era eso lo convenido.

—Ha realizado un largo viaje sólo para conocerla.

Kamarowski abrió la puerta hacia dentro, desapareció por ella y regresó al cabo de unos segundos con un caballero de apariencia discreta. Era regordete, vestía una levita oscura y llevaba la cabeza rasurada y un bigotito corto.

—Si me lo permiten, haré las presentaciones. —Kamarowski se situó entre ambos—. Éste es el señor Paul Silverberg, de Colonia. El señor Silverberg desempeña una función determinante en la explotación de lignito en Alemania. Y ésta es...

—¿Silverberg? —preguntó la duquesa, sin esperar a que finalizara la presentación—. ¿Ha dicho usted... Paul Silverberg?

El hombre hizo una reverencia torpe.

—Mucho gusto, duquesa.

Kamarowski indicó con un gesto que se podían sentar.

—Estoy seguro de que el señor Silverberg y usted tienen mucho de que hablar, lady Edith.

—Paul Silverberg... —La duquesa fue la primera en

acomodarse complaciente—. P. S. —añadió, la voz apenas audible.

Kamarowski pulsó el timbre. En cuestión de minutos se serviría el primer plato, el *Consommé Duse*, una sopa en honor a la gran artista.

28
Cuestión de amor

—Entonces ¿antes eran muy amigos? —quiso saber Violet.

—Más que eso. —Oppenheim cortaba la carne como si fuese de cuero—. Para mí era más. Mucho más.

Violet miraba al detective con pleno interés. Cuando uno no se aclaraba con sus sentimientos, cuando sentía inquietud, esperanza o temor, quería poder contar con alguien que lo escuchara pacientemente, que estuviese dispuesto a oír sus desventuras. Para esos momentos, Violet había tenido a su abuelo, a veces ahora también a John, pero ¿con quién podía contar Oppenheim? Todo el mundo veía en él la encarnación andante de la fuerza, un hombre al que nadie podía dejar fuera de combate. Y eso que bastaban la mirada severa y la aspereza de Dorothy Pyke para vencer al gigante.

Dejó los cubiertos.

—Esto no hay quien se lo coma.

—La cocina hace lo que puede —alegó Violet—. No es fácil lograr que un rosbif se mantenga jugoso durante horas.

Cogió un poco de puré. Desde que había estado allí con el pianista del bar, Violet comía a menudo en la cantina del personal. Aquellas personas le resultaban más cercanas que las damas elegantes y los caballeros aburridos que correteaban por la parte noble del Savoy.

Cuando se dio cuenta de que Oppenheim también iba allí, a Violet le pareció oportuno mantener una conversación personal con él.

—Y ¿cómo van a ser las cosas entre ustedes a partir de ahora? —preguntó, pues sabía que no había nada que gustara más al amante desdichado que hablar de su desdichado amor.

Oppenheim se quedó mirando los restos de la comida.

—El veneno nos separó.

—¿El veneno?

—Sir Laurence estaba convencido de que lo habían envenenado, de manera que tuve que hacerle unas preguntas a Dorothy. —El detective buscó aprobación en la mirada de Violet—. No podía hacer otra cosa. Y a ella eso la ofendió tanto que no quiere saber nada más de mí.

—Sinceramente, Clarence, ¿usted cree que lo que le sucedió a mi abuelo no se debió a causas naturales?

—No lo sé. —Oppenheim se alisó la corbata—. He registrado una y otra vez la habitación de sir Laurence, pero no hay nada, ni el más mínimo rastro. O por lo menos yo no he sido capaz de encontrarlo.

Violet vaciló.

—Se sospecha que el señor Brandeis pudo tener algo que ver.

—¿La teoría del agua de colonia? —A los ojos del detective afloró una expresión irónica poco habitual.

—Sé que parece erróneo, pero fue mi propio abuelo el que nos llevó hasta ahí. Y Dorothy también opina que el señor Brandeis está metido en el asunto.

—¿Dorothy? —Oppenheim irguió la espalda.

—Formulamos unas preguntas a Otto, el ascensorista, y Dorothy hizo sudar al muchacho a base de bien.

—¿Dorothy estaba con ustedes?

—Es mi asistente.

—¿Qué le dijo a Otto? —quiso saber el detective, cambiando de tono.

—Que el señor Brandeis importaba tabaco, así que a qué venía ese interés en las costumbres del director de un hotel...

—¿Quiere usted decir que Dorothy conocía a Brandeis?

—Eso creí entender, a juzgar por sus palabras. Quería saber cómo relacionaba Otto la conducta del señor Brandeis con el hecho de que se cayera por la ventana.

—¿Dorothy sabe cómo murió Brandeis?

—¿Por qué lo pregunta?

—Porque ella ya se había ido del hotel cuando se dio a conocer el fallecimiento del señor Brandeis.

—Lo sabía todo el personal de cocina. Es difícil mantener algo así en secreto.

—Se ordenó al personal que no dijera absolutamente nada.

—¿Qué deduce usted de esto?

Oppenheim dejó los cubiertos juntos.

—Pues... nada. Probablemente no signifique nada. —Se puso de pie—. Después de este rosbif necesito a toda costa una porción de tarta de ciruelas. ¿La apetece a usted una?

Había una única lamparita en la mesilla de noche. En la cama del anciano estaba tendido el perro, soñando. De vez en cuando la mano izquierda de Larry se movía y acariciaba a Trudy, que la olisqueaba. Las horas, el silencio y la noche se colaban en la estancia.

—Hola, bonito —dijo una voz desde el otro extremo de la habitación.

Trudy levantó la cabeza.

—Te he traído una cosa.

Al perro no le apetecía dejar su lugar preferido, pero al menos podía entregarse al olor.

—¿Quieres saber si es algo rico? —dijo la voz—. Pues sí, tengo una cosa muy rica para ti.

El perro olisqueó y se acercó al borde de la cama.

—¿Lo quieres? ¿Sí? —La voz se había movido y había llegado a la cestita del perro—. ¿Quieres que te lo dé?

El animal bajó de la cama de un salto, siguió su olfato y cogió lo que le ofrecía la mano. Era una exquisitez.

—Bien, muy bien, sí, eres un perrito muy bueno. —La mano lo acarició—. A ver si te gusta.

La carne desapareció en un abrir y cerrar de ojos, y con el hueso, *Trudy* se tomó su tiempo. Gruñía y disfrutaba con la distracción que había interrumpido la apacible tarde que estaba pasando con su dueño.

—Buenas tardes, sir Laurence —saludó la voz con amabilidad.

Mientras comía, el perro levantó la vista. La persona que le había dado el hueso se acercaba a la cama del anciano. A éste sólo se le veía la cabeza. Delante tenía una silueta.

—Está claro que volver a estar en casa le sienta bien. —La silueta se sacó algo del bolsillo—. No me extrañaría que un día de éstos se restableciera por completo. Es como si lo estuviera viendo, y quizá después incluso recupere el habla y pueda levantarse de la cama.

Mientras *Trudy* roía el hueso para llegar al tuétano, la silueta dejó un objeto en la mesilla de sir Laurence.

—Sinceramente, me resulta preocupante —afirmó la voz—. Todo el mundo conoce su extraordinario olfato. Si su cabeza recuperase la lucidez, no tardaría usted en atar cabos, no tengo la menor duda.

La silueta señaló a *Trudy*.

—Tengo que irme antes de que el perro se haya comido el hueso, sir Laurence. La enfermera Ingeborg es encantadora, se ha ofrecido a traernos una taza de té. Le he prometido que, mientras tanto, yo cuidaré de usted. —La silueta le apartó de la frente al anciano el blanco cabello—. Cuando alguien está tan cerca de la muerte como usted, sir Laurence, a nadie le sorprende la llegada de la Parca, ni a usted ni a la enfermera Ingeborg, que será quien constate su fallecimiento.

La silueta cogió el objeto transparente de la mesilla de noche, se sentó en el borde inferior de la cama y retiró la sábana.

—¿Por qué no entregó usted el alma, sir Laurence, como habría hecho cualquier persona decente?

Los dos pies quedaron al descubierto. La silueta acercó el objeto a la luz de la lámpara.

—¿Sabe la cantidad que le hemos administrado ya de esto? La suficiente para detener el corazón de un hombre joven. Por desgracia en su caso no ha sido bastante. Se aferra usted bien a esta vida...

La silueta cogió el inerte pie del paciente y se lo apoyó en el regazo.

—Al principio tuvo buen olfato, Larry. La sustancia estaba en el té, en efecto. El método más sencillo suele ser el más efectivo. ¿Sabe quién me lo enseñó? Su querido Oppenheim. Al fin y al cabo estamos en Londres, señor. ¿Dónde se suponía que iba a estar el veneno más que en el té? —Sonrió—. Por desgracia, no fue suficiente, un error imperdonable. Por culpa de eso ocurrió el resto de los incidentes.

La mano separó los dedos segundo y tercero del pie de sir Laurence.

—Después no me quedó más remedio que abandonar el hotel. Tarde o temprano me habría descubierto.

Puso en alto la jeringuilla y dejó que salieran unas gotas.

—Por cierto, las sospechas que abrigaba acerca del agua de colonia no eran tan descabelladas. Tras mi fracaso, el señor Brandeis tuvo que idear algo nuevo. Por desgracia no vivió para ver la puesta en práctica de su idea.

Mientras hablaba, la silueta no prestaba atención al perro. El golpeteo de sus patas informó de que *Trudy* había dejado el hueso y se dirigía hacia el extremo de la habitación, donde se hallaba el biombo de sir Laurence.

—¿Adónde vas? —preguntó mientras introducía la aguja entre los dedos del pie.

—Suelta eso —ordenó una voz que hasta ese momento no había dicho nada.

La silueta se llevó tal susto que profirió un gritito.

—Suéltalo, Dotty —repitió la voz mientras un bulto enorme aparecía tras la pared de seda.

La señorita Pyke no estaba dispuesta a rendirse ante el ridículo de no haber sido capaz siquiera de matar a una persona indefensa. Trató, pese a todo, de introducir el líquido de la jeringuilla en el pie del anciano.

A Oppenheim se le atribuían fuerza, decisión y perseverancia, pero no necesariamente rapidez. Sin embargo, esta vez fue más veloz que el rayo. El detective retiró la mano con la que la señorita Pyke sostenía la jeringa y le partió el brazo. Con la otra le dio un golpe tan fuerte en la cara que perdió el sentido antes de que su cabeza se estrellase contra el suelo. El odio que Clarence sentía en ese momento habría bastado para matarla. No obstante, en ese preciso instante, el perrillo, desconcertado con lo que estaba sucediendo, empezó a ladrar con nerviosismo. *Trudy* se puso a dar saltos delante del tembloroso Oppenheim, después dio vueltas alrededor de la señorita Pyke, ya inconsciente. Gracias a eso, el detective pudo entrar en razón y tranquilizarse. Se agachó, le tomó el pulso a Dorothy y constató que estaba viva.

Clarence se acercó a la cama de su jefe.

—Todo en orden, sir Laurence —aseguró con voz quebradiza—. Ya se ha terminado.

El ojo derecho del anciano escudriñó al detective. La mano izquierda temblaba con fuerza.

—¿Lo ha oído usted todo?

El dedo índice de la mano izquierda así lo señaló.

—A veces nos equivocamos con las personas a las que queremos. —Clarence bajó la cabeza—. Le pasa a todo el mundo. No sólo a usted —reflexionó con voz queda.

La mano izquierda descansaba en la sábana, inmóvil. El ojo derecho se cerró.

Oppenheim apartó al perro de la señorita Pyke y lo cogió en brazos. A continuación salió, se dirigió hacia el teléfono, llamó a recepción y pidió que lo pusieran con Scotland Yard. Cuando la enfermera Ingeborg volvió con el té, Oppenheim le pidió que no entrase en la habitación del paciente hasta que llegara la policía.

29
Dover - Ostende

Kamarowski esperaba impaciente la confirmación del éxito de la señorita Pyke, noticia que confiaba en recibir por telégrafo a su llegada a Ostende. Siempre había considerado que las mujeres eran las mejores compañeras de trabajo. Cuando se trataba de hacer algo importante, eran más frías y hábiles. Y en ese particular, la señorita Pyke aventajaba incluso a la vulgar Gemma Galloway. Kamarowski despreciaba a las mujeres vulgares, y aún más a los hombres vulgares, por ejemplo, al señor Brandeis. Ese fauno fatuo que no podía tener la bragueta cerrada se había confundido de tono con lady Edith. La falta de educación debía ser castigada en todos los casos, por eso la muerte prematura del señor Brandeis estaba justificada.

Kamarowski canturreaba en voz baja, tenía la sensación de que el hotel estaba prácticamente en sus manos. A partir de ese momento ya sólo sería preciso adoptar unas medidas mínimas para que el renombrado Savoy se encontrase a su disposición, y él pudiera llevar a cabo lo que se proponía. ¿Quién iba a detenerlo ahora, Violet Mason? Desde que había nombrado a la señorita Pyke su asistente, era una rival débil. ¿Cómo era ese dicho tan bueno? «Mantén a tus amigos cerca y a tus enemigos aún más cerca.»

Kamarowski miró por la ventana. Se le antojaba extraño ir en un tren que no avanzaba pesadamente y echaba humo, sino que flotaba con un leve balanceo. Los pasajeros del lujoso coche cama ni siquiera tuvieron que bajarse cuando en Dover el tren cambió los raíles por el transbordador. Durante unos minutos no hubo luz eléctrica, pero los *conducteurs* aprovecharon para ir pasando por los compartimentos ofreciendo la carta con el menú a los pasajeros. Kamarowski marcó la trucha y pidió un aperitivo antes del almuerzo. Bebió con fruición mientras rememoraba el encuentro del día anterior entre la aristocracia inglesa y las altas finanzas alemanas.

Lady Edith no se había mostrado muy entusiasmada con la personalidad de Paul Silverberg. Y no era de extrañar, pues el hombre no era más que un contable al que el dinero de sus padres había llevado a la cima de una enorme mina de lignito. En Alemania había lignito para cientos de años; Silverberg y los suyos no conocerían la penuria. Sus opiniones políticas tampoco lograron romper el hielo con lady Edith, aunque el hombre se explayó a gusto hablando de la era que se avecinaba, en la que Alemania desempeñaría un papel crucial. Lo único que impresionó a la duquesa fueron las iniciales de su nombre.

Kamarowski se rio en el silencioso compartimento.

Aunque ese hombre hubiese sido el demonio con cuernos, la fe que la duquesa profesaba en las ciencias ocultas era lo bastante fuerte para creer en las palabras del vaticinio: P. S. era el destino para lady Edith, P. S. debía guardar alguna misteriosa relación con su futuro. Y eso que en modo alguno compartía las opiniones de su esposo, que en la cámara alta británica defendía la amistad anglogermana y, debido a su cercanía con los nazis, ya se había ganado el apodo de Herr Londonderry. La duquesa reconocía, no obstante, que, catorce años después de la guerra, Alemania se había convertido en el socio más importante de los ingleses, por delante de Francia.

Kamarowski admiró a Silverberg, que fue capaz de no abordar el verdadero tema de la reunión, la amistad de la duquesa con el primer ministro británico, ni una sola vez de manera tan directa como para poner en un aprieto a la dama. Mientras daban cuenta del *chateaubriand* y el vino tinto, ambos hablaron con entusiasmo de Alemania, hasta que la duquesa no se pudo contener más y le formuló una pregunta concreta:

—Disculpe usted, señor Silverberg, pero hay una cosa que no entiendo. Profesa la fe judía, si no me equivoco.

—En efecto, milady.

—Siendo así, ¿cómo puede abogar por ese hombre con tanta vehemencia?

—No abogo por el hombre, sino por sus ideas, que es algo muy distinto —aclaró Silverberg—. Europa entera se revuelca en la ciénaga de las monarquías caducas y el esplendor imperial perdido. Este hombre desecará la ciénaga. Representa un nuevo resurgimiento y un cambio real.

—Pero ese hombre odia a los judíos.

Al rostro de Silverberg asomó una expresión risueña.

—Verá, a fin de cuentas siempre es la misma historia, lady Edith. Los blancos odian a los negros, los musulmanes odian a los judíos y cada movimiento político nuevo primero ha de darse a conocer a la oposición para que sepa que existe. Cuando la gente ya ha ocupado el poder, la canción cambia sola. Prejuicios hay en todas partes. No es preciso tomar el desquite, lady Edith.

Sorprendentemente, el credo humanista de Silverberg convenció a la duquesa. Después ya no volvieron a hablar de «ese hombre», sino que lo llamaron por su nombre sin cortapisas.

Kamarowski pensó que no se podía prever si Hitler tenía madera para cumplir las esperanzas que Silverberg y los demás depositaban en él. Por otro lado, en el panorama político del momento no había nadie tan peligroso, tan insidioso y tan falto de escrúpulos como él. Media Alemania soñaba con el regreso del imperio y la otra media se arrojaba en brazos del febril sueño rojo. Y eso que ya se veía que pronto el comunismo sólo sería una resaca. En medio de tan vanas fantasías ese hombre acechaba en busca de su oportunidad. En Oriente y Occidente, los poderosos aún no se podían imaginar que alguien que estaba tratando de hacerse con el poder en Alemania de manera legítima estuviese imbuido de semejante malicia pequeñoburguesa. De un alemán se esperaba formalidad y capacidad organizativa. Si de verdad ese hombre llegaba a gobernar, el mundo conocería otras capacidades suyas de índole muy diversa.

Kamarowski se recostó en su asiento. El viaje era agradable, pero también parecía no tener fin. Desde Ostende el tren aún tardaría el resto del día en llegar hasta Berlín. A Kamarowski le encantaba Berlín. En su opinión, aquella ciudad era preferible con mucho a Londres. Claro que los berlineses no poseían la grandeza de los londinenses, una grandeza que nacía de una arrogancia absurda derivada de haber dominado un imperio. Los berlineses eran sencillos. Habían perdido la guerra, algo que hacía que uno fuese humilde y vengativo al mismo tiempo. Vivían en el presente, con su nueva moda alocada, sus bailes alocados y su deseo incontrolable de llegar a lo más alto. Esperaban tranquilamente el momento en que surgiese una figura que hiciese que volvieran a ser grandes. Hasta que llegara ese momento, bailaban, bebían, putañeaban y se divertían. Kamarowski se moría de ganas de estar de vuelta en Berlín.

Probablemente, Gemma llegara allí antes que él. Por fin podría hablar de nuevo el dialecto de la ciudad que la había visto nacer, a ella, esa berlinesa que se hacía llamar Gemma Galloway. Realmente una exageración cuando tu verdadero nombre es Berta Schuster. Kamarowski admiraba de Berta que no hacía literalmente nada que le resultase demasiado sucio y depravado. La bestia rubia sonreía cuando cometía sus infamias, se pavoneaba con descaro sobre sus tacones de aguja y se acostaba con cualquiera del que esperase sacar algún provecho. En lo tocante a la falta de escrúpulos, Berta Schuster era preferible a la señorita Pyke, pensó Kamarowski. Aquel día, sin embargo, esperaba recibir noticias de Dorothy Pyke con gran impaciencia. Decidió ir al vagón restaurante, tomarse un brandi con el almuerzo y después dormir un poco.

30
Con respecto al estado de las cosas

Violet recordó que en una ocasión había hablado del tema con John Gielgud como de pasada. Estaban en la cantina de la BBC, notaba el té demasiado fuerte y le añadió agua. Entonces citó las famosas palabras de Shakespeare: «Uno puede sonreír y sonreír y ser un villano». Violet tendría que haberlo escuchado cuando añadió que el villano no espiaba en una esquina con semblante funesto, sino que aparecía disfrazado de amigo. Gielgud vaticinó lo que había sucedido.

La señorita Pyke estaba bajo custodia. Guardaba silencio con obstinación. No mencionó sus motivos ni tampoco para quién trabajaba. La policía analizó el preparado con el que se disponía a actuar: una toxina de origen vegetal sumamente avanzada. Afectaba a las células nerviosas y, tras horas de agonía, provocaba parálisis espástica. Una persona debilitada como sir Laurence no habría sobrevivido mucho tiempo a la inyección.

Los pasos de Violet resonaban en el adoquinado, junto a ella se oía el trote ágil de *Trudy*. Tiró del perro para apartarlo del bordillo, el animal quería llegar a la franja de césped que había al otro lado de la calle.

«Como una niña», pensó Violet, como una niña candorosa se había visto inmersa en aquel enredo de malas intenciones sin darse cuenta de nada. ¿Cómo no le extrañó en ningún momento que nunca llegara a declararse la guerra por el Savoy? ¿Que no se librara una lucha por la sucesión? Todo se había desarrollado delante de sus mismísimos ojos. ¿Tan ocupada había estado con otras cosas que se le habían pasado por alto los nexos de unión? El viejo rey tenía que morir para que otros pudieran ocupar su lugar. Y eso que sólo había dos personas que se beneficiarían de la muerte de sir Laurence. Una era ella misma. La otra, el Joven Henry, y precisamente eso hacía que todo fuera tan increíble. Henry era incapaz de desarrollar un plan como ése. Además, al redactar Larry el nuevo testamento, carecía de sentido matar al anciano. Pese a todo, la señorita Pyke lo había intentado. ¿Con qué objetivo? ¿Obedeciendo instrucciones de quién?

Violet empezó a ir más y más deprisa, hasta que, por la tensión de la correa, notó que el perro no podía seguirle el ritmo.

—Perdóname. —Se agachó delante de *Trudy*—. ¿Tú me sabrías decir quién está detrás de esto? ¿Quién es capaz de llevar a cabo algo así? ¿Eh? ¿Tú qué crees?

Trudy la miró fijamente, en señal de concentración máxima.

—Si todo este asunto tuviese sólo que ver con el hotel, no habría sido necesario matar a Larry, sino... —Miró la atenta cara del perro—. Sino a mí.

Y en ese preciso instante, Violet Mason cobró distancia. Se vio a sí misma: una mujer joven, el cabello castaño alborotado por el viento otoñal, en cuclillas con la gabardina arrugada en el cruce de Whitehall Place y Northumberland Avenue, llevando de la correa a un perro mestizo. Y ¿qué estaba haciendo la joven mujer? Ir de paseo con el perro. ¿Ir de paseo con el perro? No era el momento ni de pasear ni de fantasear. Al abuelo de esa joven habían intentado asesinarlo. La joven era la propietaria de un hotel, quizá el más bonito de Londres, pero alguien quería disputárselo. Alguien quería acabar con la estructura del Savoy. Tenían a un culpable, pero ella no era la que manejaba los hilos. Violet no tenía tiempo para sacar al perro a pasear, debía actuar, ¡tenía que actuar de una vez! Llevaba demasiado quejándose de su destino, de que se había visto obligada a ocupar una posición que no le gustaba. Lloriqueando, se había aferrado al deseo de ser escritora, y al hacerlo había pasado por alto el único deseo importante: el de su abuelo. Larry se había sacrificado, él y su vida, para que el Savoy sobreviviese. Era su voluntad que Violet, y no Henry, dirigiera el hotel. Durante meses ella había cumplido su deseo con escaso entusiasmo, confiando en que aquel *intermezzo* terminara pronto. Pero no era un *intermezzo*, no terminaría tan pronto. Violet era la directora, era el Savoy, y ésa era su realidad, el presente y el futuro. Había llegado la hora de dejar de huir de una vez por todas. Levantó la cabeza: tras los jardines de Whitehall se veía el puente de Waterloo. Violet tiró del perro hacia el norte, dejó que hiciera sus necesidades en la franja de hierba y regresó al hotel.

—Gracias por venir tan deprisa —dijo Violet—. Sé que no podéis abandonar vuestro trabajo durante mucho tiempo, de manera que seré breve.

Estaba frente a la plantilla, no en su despacho, ni tampoco en el que fuera el despacho de Larry, donde además del personal médico ahora había apostado un agente de policía para protegerlo. Violet saludó a sus empleados en la habitación de su abuelo enfermo. Más de uno habría considerado despiadada esa charla, pero ella estaba convencida de que debía demostrar al personal del hotel el peligro que se cernía sobre el Savoy. Cada una de esas personas conocía a sir Laurence fuerte y feliz, severo y bondadoso y siempre elegante, siguiendo la moda. Ahora los invitaba a todos a que lo vieran en su estado actual. Unos sentían devoción por él, otros lo veneraban, a otros en el fondo les daba igual. Pero todos ellos habían acudido porque los había llamado Violet, de la estenotipista al jefe de mayordomos, del lavaplatos al maître, de los ascensoristas al director de la orquesta. Violet insistió en que todos escucharan lo que tenía que decir.

—Hace cuarenta años, mi abuelo hizo suyo el destino del Hotel Savoy. Puso a su familia al servicio de esta casa.

Evitó mirar a Henry y a Judy. Ambos estaban lo bastante cerca de la cama del enfermo para demostrar su acuerdo, pero a una distancia considerable de Violet.

—Aunque no es mi deseo que se debata abiertamente en el hotel, todos vosotros sabéis lo que ha pasado: alguien ha intentado matar a sir Laurence. —Violet esperó a que cesara el murmullo que recorrió a los allí presentes—. Como es natural, habláis de ello a escondidas, os preocupáis y os preguntáis cuál será la razón de este delito. El móvil es que alguien quiere hacer temblar los cimientos del hotel. —Se acercó a Larry y le cogió la mano izquierda—. Y hoy os digo que no lo permitiré. Soy su nieta, somos de la misma sangre. En el futuro seré yo únicamente la que lleve el hotel. Yo soy su directora y nadie más.

Había llegado el momento. Violet miró a Henry con toda la franqueza y la frialdad de que fue capaz. Le arrojó a la cara su declaración de guerra, lo abofeteó con esas palabras, y él no estaba preparado. Ésa era precisamente la intención de Violet. Si de verdad se encontraba detrás de todo aquello, Henry reaccionaría a la fuerza delante de todo el mundo, de todo el personal.

Henry Wilder había acudido a su llamada vestido con un traje normal y corriente, una corbata azul claro y su habitual cabello despeinado. Judy iba de gris y, como de costumbre, estaba detrás de él. La primera reacción de Henry fue intentar responder a Violet. Ya había abierto la boca, pero algo le impidió hacerlo. ¿Se habían movido los labios de Judy o sólo eran imaginaciones de Violet?

—Eso se sobreentiende —contestó Henry al final—. Es la voluntad de mi padre, y, para mí, eso está por encima de todo. —Le ofreció el brazo a Judy—. Sólo puede haber una persona que dirija el Savoy, y esa persona eres tú, Violet. Si te puedo ayudar de alguna manera, cuenta conmigo al cien por cien. Judy y yo te lo prometemos aquí y ahora, delante de nuestros empleados.

—Así es —convino con modestia Judy.

Violet contaba con algunas cosas, con excusas astutas o palabras de apaciguamiento vagas; la respuesta que le había dado Henry era la única que no se esperaba. Allí estaba el desdichado príncipe heredero del Savoy, que no quería llevar la corona y demostraba su lealtad a Violet. Su suposición de que en ese momento estallaría la guerra por el hotel no se había confirmado.

—Gracias, Henry —contestó un tanto sorprendida—. Y gracias también a ti, Judy.

A Violet no se le ocurrió nada mejor que acercarse a ellos y estrecharles la mano. En los ojos del matrimonio no descubrió nada salvo sinceridad, interés e incluso afecto. Henry y Judy no suponían ningún peligro, Violet se había convencido de ello.

Se situó de nuevo delante del personal.

—La policía necesita nuestra ayuda para descubrir

a los culpables de estas tentativas de asesinato. Os pido que se la prestéis a los agentes que vengan al hotel y os hagan preguntas. —Violet respiró hondo y se volvió hacia la derecha—. Por último, me gustaría revelaros algo.

Estaba cerca del biombo, el hombretón al que alguien parecía haber embutido en un traje demasiado estrecho.

—Os quiero revelar que si mi abuelo sigue con vida hemos de agradecérselo a una única persona. Él es el servidor más leal de mi abuelo, y me gustaría darle las gracias de todo corazón. Gracias, Clarence, por salvarle la vida a sir Laurence.

Oppenheim no supo muy bien lo que estaba pasando cuando de repente cientos de manos se movieron y el personal comenzó a aplaudir. Se adelantó, hizo una pequeña reverencia y retrocedió en el acto, como si quisiera esconderse detrás del biombo. Violet se volvió hacia su abuelo. Sir Laurence observaba con el ojo derecho. Violet le hizo una señal con la cabeza y acto seguido se sumó a aplaudir a Oppenheim.

31
La dama del Savoy

Un actor joven se situó tras el micrófono, nervudo, intenso, la postura llamativamente recta.

—Cada uno cuenta su vida con infinidad de historias —dijo con voz clara, un tanto nasal—. Y lo maravilloso de eso es que una única vida se puede contar con historias distintas. Del narrador dependerá hacer de esa vida una comedia o una tragedia.

Dejó caer el papel con el texto, que fue a parar al suelo planeando como una hoja de otoño tardía.

A su lado apareció una actriz.

—Y a ti, ¿qué historia te gustaría contar con tu vida? —dijo al micrófono.

—Confío en que sea una comedia. —Él sonrió—. Pero me temo que estamos a punto de convertirla en algo cursi.

Ambos guardaron silencio y miraron con curiosidad hacia la gran pared de cristal, tras la cual se llevaba a cabo la grabación.

Por el altavoz se oyó un crepitar.

—Gracias, ha sido perfecto —afirmó el jefe de grabación—. Gracias, Larry, Merle, lo tenemos.

El joven actor cogió su chaqueta y se enderezó la corbata.

—¿Vamos a la cafetería? —preguntó la actriz.

—Me encantaría, pero tengo una cita. —Se pasó la mano por el cabello castaño.

—¿Con quién?

Sin responder, el joven se apresuró a salir de la sala de grabación con pasos cortos, a trompicones. Una vez fuera, estuvo a punto de chocar con Violet.

—Señor Olivier. —También ella había salido del estudio—. ¿Me permite que le diga...?

—Larry —la interrumpió.

—Larry. —Violet se detuvo a escoger las palabras adecuadas—. Como es natural, cuando escribo imagino cómo tiene que ser el protagonista masculino, cómo tiene que hablar y comportarse. Veo a ese hombre con claridad.

—¿He satisfecho sus exigencias? —quiso saber él con arrojo.

—Lo ha interpretado de manera distinta a como yo tenía en mente.

—Lo siento. —Adelantó el labio inferior.

—No, no, ha estado usted increíble —intervino Violet—. Queda mucho mejor como lo interpreta usted.

—Su texto es excepcional. —El joven le devolvió el cumplido—. Muy distinto de las historietas que nos suelen ofrecer.

Cuando la joven actriz fue a unirse a ellos, él le dio la espalda.

—¿Qué está escribiendo ahora? —preguntó a Violet—. ¿Cuándo tendremos otro texto suyo?

Salieron juntos y se detuvieron delante de la puerta. Escrito con tiza en la entrada del estudio 5 ponía: EL MENTIROSO.

—Me temo que no será muy pronto —respondió Violet.

—Pero si escribe usted estupendamente... —aseguró él—. Tiene que seguir haciéndolo.

—Ahora mismo hay otras cosas que debo hacer.

Puesto que no sabía cómo explicarlo, Violet no dijo más.

—¿Le apetece ir a comer? —preguntó él con espontaneidad—. Me interesa su trabajo.

—¿A comer... con usted? —contestó Violet, sorprendida.

—Si tiene tiempo, claro.

—La verdad es que tiempo no tengo nunca, pero hambre siempre.

—Estupendo.

—Sin embargo, tendríamos que ir a un lugar de mi elección —apuntó ella con una sonrisilla.

—Como quiera, pero que no sea caro. Con lo que nos pagan aquí no me puedo permitir un restaurante elegante.

—Será usted mi invitado.

—¿A qué debo ese placer?

—A que es lo más sencillo para mí.

A continuación, Violet le dio a entender que quería hablar con alguien.

—Sólo será un momento.

Se acercó a ver a Max Hammersmith.

—Gracias —le dijo—. Te doy las gracias, mi querido amigo, por producir *El mentiroso* con estos actores tan exquisitos.

—Me da que has escogido al más exquisito de los actores.

—El señor Olivier y yo nos vamos a comer algo.

Max la abrazó.

—Me ha gustado que hayamos vuelto a hacer algo juntos. Espero que no sea lo último.

—Ya veremos, Max. —Lo besó en la mejilla.

—Que te vaya bien.

—A ti también, Vi.

Violet regresó con el actor.

—Ya nos podemos ir.

Olivier se pasó la lengua por el labio superior.

—¿Son ustedes pareja? —preguntó directamente.

—Me temo que la respuesta lo decepcionará.

—Al contrario, me alegro.

Enfilaron el pasillo hacia la salida.

—Le debo mucho a Max, a decir verdad casi todo —afirmó Violet, y dejó que Olivier le abriera la puerta.

El joven actor miró la fachada iluminada con expresión de asombro.

—¿Quiere ir al Savoy? No me lo podría permitir en la vida.

—Con el talento que tiene, le auguro que esa situación cambiará pronto.

Violet se dirigió hacia la puerta batiente, que se abrió como por arte de magia. El portero hizo una reverencia y ambos entraron en el vestíbulo.

—Buenas tardes, señorita Mason —la saludó un hombre de pelo cano vestido de chaqué—. Si me permite la pregunta, ¿cómo ha ido la grabación?

—A las mil maravillas, mi querido señor Sykes, gracias a este caballero ha salido a pedir de boca.

—Ardemos en deseos de que se emita.

El señor Sykes se retiró.

—¿La conocen aquí? —El actor permanecía a su lado.

Un ascensorista se puso firme.

—¿Quinta planta, señorita Mason? —Abrió la reja extensible.

—Gracias, Otto, primero iré a comer algo.

Olivier caminaba a su lado desconcertado.

—Da la impresión de que la conocen bastante bien en este sitio.

Violet se detuvo ante las puertas de dos salas distintas.

—¿Prefiere algo tranquilo o mejor escuchamos un poco de música mientras cenamos?

—¿Podemos elegir? —preguntó él con creciente asombro.

—A fin de cuentas estamos en el Savoy.

Antes de que el actor lograra decidirse, Violet entró en el gran salón, donde la orquesta ya había dado comienzo al programa vespertino.

Cuando vio entrar a Violet, el director de orquesta interrumpió el número e hizo una señal a los músicos para que tocasen otras notas. Acto seguido se empezó a oír *The land of might have been.*

—Oh, qué detalle. —Violet rio, y guiñó un ojo a Arturo Benedetti—. Es mi canción preferida.

—¿La orquesta toca su canción favorita en cuanto entra usted en el salón?

Desconcertado y risueño al mismo tiempo, Olivier dejó que el jefe de sala los condujese hasta una mesa. Varias damas y caballeros saludaron a Violet, que hizo otro tanto con una leve inclinación de cabeza.

—¿No tiene intención de confiarme su secreto?

—Todavía no, Larry. Me causa una gran alegría ser invitada en esta casa.

—¿Es que no lo es habitualmente?

Mientras el jefe de sala les ofrecía sendas cartas, Violet vio a Oppenheim, que apareció al fondo. El hombre le indicó discretamente que tenía que hablar con ella. Violet lo invitó a acercarse con un gesto.

El detective del hotel se aproximó a la mesa.

—Perdone las molestias, señorita Mason.

—¿Qué ocurre, Clarence?

—¿Podría hablar a solas con usted?

—No tengo nada que ocultar al señor Olivier.

—Sin embargo, yo preferiría que usted y yo... —insistió Oppenheim.

—No sea tan ceremonioso, Clarence. Tómese una copa de vino con nosotros. Hoy tengo algo que celebrar: han grabado mi pieza radiofónica en la BBC.

—Enhorabuena, señorita Mason.

El detective se sentó de mala gana en una silla.

—Dígame, ¿qué sucede?

—Ha venido la policía.

Durante un momento, el rostro de Violet reflejó gravedad.

—Pero eso no es ninguna novedad. Los agentes realizan su trabajo.

—No han venido por eso, sino por el señor Mankievicz —desveló Oppenheim.

—¿John? —preguntó ella confusa—. ¿Se puede saber qué quieren de John?

—Se trata de la señorita Rachel.

—¿La estenotipista?

Oppenheim bajó la voz.

—A la señorita Rachel la han detenido hoy, por un... por un delito contra las buenas costumbres.

Violet miró a Olivier con expresión de disculpa.

—¿Y...?

—Todo apunta a que ha llegado a un acuerdo con las autoridades. Les ha facilitado cierta información.

—¿Información?

—Le ha contado a la policía lo que sucedió en realidad en la habitación trescientos siete.

Violet tardó un instante en atar cabos.

—¿El asunto de Brandeis?

Oppenheim asintió.

—¿Dónde está John?

—Se lo han llevado.

—¿A qué comisaría?

—Trataré de averiguarlo ahora mismo.

Dirigiendo un escueto saludo al joven, el detective se levantó y se fue.

Olivier había seguido la conversación atentamente.

—¿Es posible que su relato de *El mentiroso* tenga algo de autobiográfico, Violet? —quiso saber.

—Admito que no le he contado toda la verdad, pero le prometo que repararé la falta. —Se puso de pie con resolución—. Sin embargo no será hoy.

—¿Adónde va?

—A la comisaría.

—Ha dicho que tenía hambre.

—Un hambre canina, de hecho. Pero antes debo rescatar a mi amigo. Es inocente.

Con una mirada fría, un tanto irónica, el actor la escudriñó como si tuviese más claro que el agua lo que le estaba diciendo Violet.

—Como tan bien dice usted en su pieza radiofónica: cada uno cuenta su vida con infinidad de historias. Del narrador dependerá hacer de esa vida una comedia o una tragedia. ¿Qué será en su caso, Violet?

—Pregúntemelo la próxima vez que nos veamos. —Dejó la servilleta en la mesa—. Pida algo rico. La recomendación para hoy del maître es el rape.

Olivier le dio la mano.

—Que le vaya bien. Y salve usted a su amigo.

Violet no se dirigió hacia la puerta principal, sino hacia la orquesta. Junto al escenario se abría una puerta. Entró en la habitación donde se cambiaban los músicos y desde allí llegó al montacargas y hasta la salida del personal. Los sinuosos pasillos podían parecer complicados, pero en realidad ésa era la forma más rápida de llegar a la calle. Delante del hotel aguardaba un taxi, Oppenheim le abrió la puerta.

Violet miró al cielo.

—Al señor Kamarowski no le faltaba razón —observó risueña—. Todos los años hace algunos días buenos en otoño. —Se acomodó en el asiento trasero.

Mientras el taxi se ponía en movimiento, surgió ante ella la fachada vivamente iluminada del Savoy. Qué elegante era, qué esbelto e ingrávido resplandecía el hotel, dominando el Támesis. Sin embargo, el gasto en electricidad de semejante esplendor era enorme. El día anterior, sin ir más lejos, John había advertido que la red estaba irremediablemente sobrecargada. Había que hacer algo, pero no aquel día, pensó Violet. Al siguiente, cuando John estuviese en libertad.

Posdata

El histórico Hotel Savoy de Londres debe su encanto, entre otras cosas, a las numerosas celebridades que se han hospedado en él desde siempre. Algunas de esas personalidades —el actor John Gielgud; lady Edith, duquesa de Londonderry; el primer ministro Ramsay MacDonald; sir Gerald du Maurier, o Paul Silverberg, por mencionar tan sólo a unas cuantas— también figuran en esta novela. No obstante, sus actos y opiniones, así como las relaciones que traban entre ellos, son ficticios.